Nils og Nordavinden

1st edition published in April 2026

Published by Skapago Publishing Werner Skalla, Von-Müller-Str. 12, 93437 Furth im Wald, Germany
Contact according to GPSR: info@skapago.eu.

Responsibility for links: Links are accessible at the time of publication. The Publisher cannot guarantee their accessibility at a later time.

Ilustrations and cover design by Max Skalla

The author would like to thank Sabine Jahn, David Walker, and Rune Alexandersen for valuable feedback.

ISBN: 978-3-945174-60-9

Also available: Norwegian course based on a story
The Mystery of Nils Part 1, ISBN 978-3-945174-30-2
The Mystery of Nils Part 2 (*Mysteriet om Nils*), ISBN 978-3-945174-32-6

Learn other languages with Skapago
Swedish: Alfred the Ghost, ISBN 978-3-945174-10-4
German: Jens und Jakob, ISBN 978-3-945174-06-7
Chinese: Oh, Jerry! ISBN 978-3-945174-16-6
Other languages at **www.skapago.eu**

Free tips for learning Norwegian:
www.skapago.eu/en/newsletters/  

Nils og Nordavinden

Werner Skalla

Skapago Publishing
www.skapago.eu

For Sonja Anderle, the mother of Nils
and Ulf Mack Growen, the voice of Nils

A few things to consider before you start reading

Has your Norwegian teacher ever told you that you should listen to Norwegian podcasts, watch Norwegian TV, or read Norwegian newspapers, books, and magazines? Well, if you want to get really frustrated, then that's a *great* idea!

To be fair – yes, you need to "consume" material in Norwegian; otherwise you won't really improve. On the other hand, the materials I mentioned above are designed for native Norwegian speakers — far too difficult (and therefore frustrating) for you.

What you need at this point is something that is *just a little* difficult: challenging enough that you learn something (not like certain apps that show you the same sentence 732 times), but easy enough to be enjoyable.

With this book, I wanted to write a (relatively) easy story for language learners—without making it painfully boring or turning it into a butchered version of some work of literature. I've tried to come up with something more fun: a story based on the main characters from my Norwegian course *The Mystery of Nils*. You're going to meet Nils, a doll (who is alive, although no one knows it), and Emil, a teddy bear (who is also alive – and almost no one knows it). Yes, it's an absurd story, and that's the point: you're going to recall words, expressions, and grammatical structures more easily when they are linked to something absurd.

Nils and Emil originally lived with a (human) family in Oslo, but eventually Nils moved to Tromsø, while Emil stayed in Oslo – though they are constantly in touch.

You don't need to have read *The Mystery of Nils* to benefit from this book; and if you have read parts of it, this won't give away the plot, so don't worry. On the other hand, if you like my style and would like to improve your Norwegian in a structured yet fun way, I won't stop you from buying *The Mystery of Nils* – or rather its sequel *Mysteriet om Nils*, depending on your level. There is a free preview at **www.skapago.eu/nils**.

And if you'd like to take a deep dive into the Norwegian language, there's also an online course based on the story of Nils, with tons of video explanations, pronunciation and listening comprehension exercises. Check it out at: https://**courses.skapago.eu/lp/norwegian**.

Lastly, if you'd like to get free tips on learning Norwegian effectively, I invite you to subscribe to my newsletter at
www.skapago.eu/en/newsletters/.

Okay, enough advertising. Let's get started.

How to use this book

Of course – "just read it", you'll say. Obviously. But you bought this book because you want to improve your Norwegian, right? So here are a few tips to help you make the most of it:

1. You might want to listen to the texts first (you can stream them at https://**www.skapago.eu/nils/en/nordavinden-audio/**). If you find it difficult to understand the recording, you can try to read along. Feel free to do this several times. You might also want to come back to earlier chapters from time to time – repetition really helps with language learning.

2. If you don't understand every word, don't rush to look it up in a dictionary. First try to read the entire paragraph and see if you can guess what's going on from context. You might find that, to understand the paragraph, you only need to look up, for example, two of the five words you don't know.

Enjoy!

The main characters

Nils is a doll inspired by the traditional Norwegian mythical creature known as the *Nisse*. He was made by an elderly lady, **Erna**, as a birthday present for her granddaughter. After a while, Nils realized that he was carrying a painful secret, and during a trip to Northern Norway, he helped Erna to make one of the most important decisions of her life. You can read more about this story in *The Mystery of Nils*.
Nils decided to stay in Tromsø – at least for a while – with another family. This family includes the parents, their adult son **Kristian** and their younger twin daughters **Hanne** and **Martha**.
As you can see, Nils is not just a toy. He's alive – but there is an important agreement among dolls and teddy bears not to let humans know that they are alive.

Emil is Nils' best friend, a teddy bear who lives in Oslo with Erna's daughter **Lise** and her family. Nils and Emil communicate through a mobile phone that Emil took from Erna's grandson.

Torunn Færvik, a middle-aged divorced woman from Southern Norway, is the new editor-in-chief of the Tromsø-based newspaper *Nordavinden*, which is in financial difficulty.

Sølvi is Torunn's daughter. She lives with her mother after her parents' divorce, but occasionally visits her father in the south.

Teodor is Sølvi's teddy bear. He is friends with Emil.

Øyvind is the CFO of Nordavinden. He likes quick solutions (and doesn't think too much ...).

Stenersen and **Rygg** are editors at Nordavinden.

Regnskapsføreren ("the accountant" – we don't know her name) is the external accountant for Nordavinden. She is not very popular because of the way she communicates bad news, hence her nickname *den gamle dragen* ("the old dragon").

Ulf, **Pål**, and **Gunnar** are men Torunn goes on dates with.

A few notes on the word list

Words that are not included in the vocabulary of The Mystery of Nils are explained in a word list on each page. Verbs are indicated with their *preteritum* form (or all forms for irregular verbs). Nouns are indicated with their articles so you can learn the gender. Irregular pronunciation is marked in brackets [], sometimes just the vowel that is irregular. For example, **komme [å]** means that we write **komme**, but we pronounce the word as if it were written **kåmme**.
You will find an alphabetical word list on page 126.

Listen to the audio files:

https://www.skapago.eu/nils/en/nordavinden-audio/

Prolog

– Så – Nordavinden er nesten konkurs?
Torunn Færvik har blitt hvit i ansiktet. Hun sitter i møterommet sammen med økonomidirektøren og regnskapsføreren. Økonomidirektøren, en yngre mann, ser på Torunn uten å si noe. Regnskapsføreren, en dame i femti- eller sekstiårene, lukker datamaskinen sin, reiser seg opp og sier alvorlig:
– Ja, dessverre. Jeg har sagt til dere flere ganger at dere må kutte kostnader. Ellers blir dette snart den siste avisa dere selger.
Torunn synes at regnskapsføreren snakker som en

Nordavinden	wind from the north, *here: name of a news-paper*
konkurs	bankrupt
Torunn	*female first name*
Færvik	*last name*
møterom, et (-rom-met)	meeting room
økonomidirektør, en	CFO
regnskapsfører, en	accountant
i sekstiårene	in her sixties
alvorlig [alvårli]	serious, concerned
flere ganger	several times
å kutte, kuttet	to cut
kostnad, en [å]	cost

mattelærer på ungdomsskolen med elever som har
glemt å gjøre leksene sine. Men hun sier ingenting.
Det er økonomidirektøren som spør:
– Men hvor skal vi kutte kostnader, egentlig? Vi får
ikke billigere papir, og vi kan ikke trykke avisa i
svart-hvitt. Og hvis vi sier opp folk, hvem kommer da
til å gjøre arbeidet?
– Jeg er regnskapsfører, ikke redaktør. Det må dere
nok finne ut av selv.
Enda et mattelærer-svar, tenker Torunn. Hun venter
mens regnskapsføreren legger datamaskinen i rygg-
sekken, tar på seg jakka og går til døra. Hun smiler
kort.
– Ha en fin dag.
– Ha det bra.
Torunn lukker døra langsomt og setter seg igjen.
– Nei altså, den der kjerringa, jeg klarer ikke å høre
på henne. Hun snakker til oss på samme måte som til
frekke skoleelever. Er det kanskje på grunn av oss at
folk ikke leser avisa lenger?
– Jeg tenkte akkurat det samme. Som mattelæreren

mattelærer, en	maths teacher
lekse, ei	homework
å trykke, trykket/ trykte	*here*: to print
å si opp, sa, har sagt	to fire
redaktør, en	editor
å finne ut av, fant, har funnet	to figure out
ryggsekk, en	backpack
å smile, smilte	to smile
den der [æ] ...	that ... (there) / that ... (over there)
kjerring, ei	(*derogatory*) old, annoy- ing woman
måte, en	way, approach
på grunn av	because of

min på ungdomsskolen. Men samtidig har hun rett. Det er jo sant. Vi må spare penger, og jeg har bare én idé: Vi må si opp folk.

– Kanskje ikke. Stenersen går av med pensjon i mars. Rygg skal flytte til Trondheim for å være sammen med den rare kjæresten sin. Da klarer vi oss kanskje.

– Hvorfor er kjæresten til Rygg rar?

– Fordi bare to måneder etter at de ble sammen, sa hun ...

– Nei, jeg vil jo egentlig ikke vite det. Vi har et problem å løse, og det er ikke kjærlighetslivet til Rygg.

– Greit, vi kutter to stillinger – Stenersen og Rygg. Vi lar den gamle dragen regne ut om det er nok til at vi klarer oss.

– Dragen?

– Regnskapsføreren.

– Åh, ja. Men du, Øyvind, det er jo én ting å kutte stillinger, men som du selv sa til dra..., eh, regnskapsføreren, hvem skal gjøre arbeidet da?

Øyvind smiler ikke lenger. Han ser ut av vinduet og tenker.

– Ja, det er sant ... vel, for å være ærlig, Stenersen er jo

Stenersen	*last name*
Rygg	*here*: last name
måned, en	month
kjærlighetsliv, et	love life
stilling, ei	position
å la, lar, lot, har latt	to have someone do something; to allow
drage, en	dragon
å regne ut, regnet [æj]	to calculate
åh	oh
Øyvind	*male first name*
eh	ehm ...
ærlig	honest

ikke et stort tap. Jeg merker knapt om han er på kontoret eller ikke. Men Rygg ... ja, Rygg, hun er flink. Og hun arbeider som en hest. Når hun flytter, må vi finne en annen redaktør. Men en annen redaktør kan vi ikke betale ...

Økonomidirektøren begynner å gå rundt konferansebordet. Torunn fyller litt mer te i den blå koppen sin. Plutselig stopper Øyvind opp og smiler igjen.

– Jeg har en idé! En ny ansatt, bedre enn Rygg og Stenersen til sammen, og hun koster bare 20 dollar i måneden!

– Slutt å tulle, Øyvind. Og hvorfor egentlig dollar? Vi betaler jo våre ansatte i norske kroner.

– Ja ja ... Øyvind har blitt økonomidirektør fordi han har fantastiske ideer!

– Og har Øyvind tenkt å dele denne fantastiske idéen med meg?

– Så klart. Men prøv å gjette!

Torunn sukker. Kanskje var det en dum idé at hun flyttet fra Oslo til Tromsø for å ta denne jobben. Sjefredaktør for avisa Nordavinden, det hørtes jo fristende ut. Først etterpå ble hun usikker. Men på

tap, et	loss
flink	talented, gifted
å fylle, fylte	to fill
ansatt, en	employee
krone, ei	crown (*Norwegian currency*)
å dele, delte	to share
å sukke, sukket	to sigh
sjefredaktør, en	editor in chief
jobbintervju, et	job interview
finansiell	financial
situasjon, en	situation
amerikansk	American

jobbintervjuet viste de henne ikke hvor vanskelig den
finansielle situasjonen var. Og hvor vanskelig det var
å jobbe sammen med Øyvind ... og med Stenersen ...
– Jeg vet ikke. En amerikansk utvekslingsstudent?
Som skriver noen artikler for oss som en del av et
skoleprosjekt?
– Ikke så verst, men ikke helt. Prøv igjen.
– Jeg aner ikke, Øyvind. Hva tenker du på? Bare si
det, jeg er sliten.
Øyvind stiller seg opp foran henne, legger hendene
på konferansebordet og smiler det bredeste smilet
sitt:
– KI! Kunstig intelligens! Den koster bare 20 dollar
i måneden. Og den skriver mye bedre artikler enn
Stenersen! Og til og med raskere enn Rygg.

Torunn sukker igjen. Er det alt økonomidirektøren
kan komme opp med? Hvor mye tjener *han* egentlig?
Men hun kan jo ikke si opp Øyvind. Han kan ingen-
ting om arbeidet i redaksjonen, men han kan noe om

utvekslingsstudent, en	exchange student
artikkel, en, artikler	article
sliten	exhausted, tired
konferanse, en	conference
konferansebord, et	conference table
bred	broad, large
smil, et	a smile
KI, en	kunstig intelligens = artificial intelligence
kunstig	artificial
intelligens, (en)	intelligence
å komme [å] opp med, kom, har kommet	to come up with
han kan ingenting om ...	he has no clue about ... (concerning a skill)

økonomi. I hvert fall er han den eneste på kontoret som klarer å forstå e-postene fra regnskapsføreren.
– På tide med lunsj!
Så enkelt er det for Øyvind. Men ikke for Torunn. Hun må komme opp med en idé – en som kan fungere. Ellers må hun nok flytte sørover igjen. Hun kommer aldri til å finne en slik jobb i Tromsø på nytt. Gjennom glassdøren ser hun Øyvind småprate med to kolleger mens han begynner å spise et rundstykke med ost. Han snakker, ler og spiser ... han har nok allerede glemt samtalen med regnskapsføreren ... På en måte er han jo søt, tenker Torunn ... han ser ut som en hyggelig bamse ...
En bamse? En bamse ... kan det kanskje ... kunne det hjelpe? Hun må snakke med datteren sin, Sølvi. Så rart at det er hennes åtte år gamle datter som kanskje kan hjelpe Nordavinden. – Nå må du ta det med ro, Torunn, sier hun til seg selv. Akkurat nå er det hele bare en idé. Og for å være ærlig – en ganske rar idé. Kanskje til og med en dum idé. Hvordan skal hun forklare det til Øyvind? Og til redaksjonen? Nei, hun kan ikke forklare det. Hun må ikke forklare det. Det er bare hun og Sølvi som kan vite sannheten ...

på tide med ...	time for ...
å fungere, fungerte	to fuction
sørover	southward
på nytt	again, another time
å småprate, -pratet	to do small talk
samtale, en	conversation
på en måte	in a way, somehow
søt	sweet
bamse, en	teddy bear
Sølvi	*female first name*
ro, (ei)	silence, ease, calm
å ta det med ro	to take it easy
det hele	all that, all of it, every-thing

1

Ikke nå, tenker Nils. Alle rundt middagsbordet kan
jo høre at mobiltelefonen ringer. Den ringer høyt. Og
det er stille i leiligheten fordi alle spiser, så man hører
den enda bedre. Nils holder pusten. Hvorfor glemte
han å slå av lyden? Uansett, nå er det for sent. Han
kan selvfølgelig ikke reise seg og hente telefonen – da
kan jo menneskene se ham. Så han kan bare vente på
hva som kommer til å skje.
– Er det din telefon? spør faren.
– Nei, det er ikke min, svarer Kristian. Er det ikke ute
på gata? Jeg kan ikke huske å ha hørt en sånn ringe-
tone.
Nils puster ut. Den sluttet nettopp å ringe. Hvis de
altså tenker at telefonen ikke er i leiligheten, har det
gått bra. Med mindre Emil ringer igjen. Egentlig
er det jo ganske uvanlig. Emil skriver stort sett en
melding før han ringer. Han vet jo at Nils ikke kan
snakke når som helst. Når han ringer uten å sende en

høy	*here:* loud
lyd, en	sound
Kristian	*male first name*
en sånn ...	such a ...
ringetone, en	ringtone
med mindre	unless
uvanlig [-li]	unusual
melding, ei [mell-]	message
når som helst	any time

melding først, må det være ganske viktig.

Endelig er familien ferdig med lunsjen. De reiser seg, rydder bordet og gjør seg klare til å gå ut igjen. Det er jo uansett ikke vanlig at de spiser lunsj hjemme, men i dag passet det for alle ... og akkurat *da* måtte Emil ringe!

Nå er det helt stille igjen. Nils hopper ned fra kommoden og går til stua. Der gjemmer han alltid telefonen, under sofaen. Ingen har ryddet opp eller støvsuget der, så Nils synes det er ganske trygt. De burde jo helst ikke finne telefonen.

Nils fisker fram telefonen og sjekker meldingene.

> *Ring meg når du kan.*

Nils klikker på kontaktene. Det er bare én eneste kontakt der: Emil. Han klikker på navnet og venter.

Men bare etter to sekunder hører han Emil:

– Hysj.

Og så legger han på.

Det var rart, tenker Nils. Egentlig er det Emil som er mer forsiktig enn ham. Men i dag ser det ut til å være helt annerledes. Hvorfor det, tro? Har det skjedd noe spesielt? Eller begynner Emil å bli gammel?

vanlig	common, usual
å fiske, fisket	to fish, to get out
å klikke, klikket	to click
kontakt, en	contact
navn, et	name
sekund [-nn], et	second
å legge på, la, har lagt	to end a call
annerledes	different
..., tro?	*expression of doubt*
ikke engang	not even
nordnorsk [nornårsk]	northern Norwegian

Da får Nils en melding til:

Kan ikke snakke nå. Erna er her. Alle kan høre meg hvis jeg snakker med deg nå. Jeg skal ringe deg tilbake når de går ut.

Så rart, tenker Nils igjen. Emil spør ikke engang når Nils er ledig. Hva er det som har skjedd hos ham? Nils begynner å gå gjennom den lille leiligheten. Han nyter ofte utsikten fra kjøkkenvinduet over den fantastiske nordnorske naturen. Men i dag ser han lite på det. Han tenker hele tiden på hva Emil vil.
Plutselig ringer telefonen igjen. Nils løper til stua og tar den.
– Ja, hallo?
– Beklager, Nils, det var litt kaos hos meg i dag. Erna var her, hun måtte gå til tannlegen. Men du vet jo at hun er så redd for tannlegen, så Lise måtte ...
– Ja ja, Emil, men du ringer meg vel ikke for å fortelle meg om Erna og tannlegen? Det var ganske flaut når du ringte første gang, alle satt jo på kjøkkenet og hørte telefonen ringe.
– Åh ja, beklager. Vet du, jeg er litt ute av meg i dag. Jeg har spennende nyheter.
– Ja så, hva er det?
– Det høres kanskje litt rart ut for en nisse som deg, Nils ... men ... altså, jeg spør deg bare direkte: Vil du ha en jobb?
– Jeg skjønner ingenting, Emil. Absolutt ingenting. En jobb? Jeg trenger ikke penger. Det er noe for mennesker. Du vet jo det.

lIte	little, just a bit
å løpe, løp, har løpet	to run
hallo	hello *(often on the phone)*
tannlege, en	dentist
å være ute av seg	to be confused

– Akkurat derfor, Nils. Jeg kan få deg – eller egentlig:
oss – en jobb, men vi får ikke penger.
– En jobb uten penger? Men hva er vitsen da?
– Faktisk har jeg fått dette tilbudet nettopp *fordi* vi
ikke trenger penger.
– Men hvem har du fått dette tilbudet av? En annen
bamse? Som ikke kan betale oss?
– Ikke direkte. En annen bamse har bare tatt kontakt
med meg. Det står selvfølgelig mennesker bak dette
jobbtilbudet.
– Selvfølgelig, selvfølgelig ... tuller du? Menneskene
vet jo ikke engang at vi lever.
– Det er to mennesker i hele verden som vet det. Og
jeg har snakket med én av dem.
Nils er forbauset. Nå har han kjent Emil så lenge, men
han har fortsatt hemmeligheter. Helt utrolig.
– Hvordan er det mulig? Vi har jo denne avtalen blant
alle bamser, nisser og dukker om at menneskene ikke
må vite at vi lever.
– Ja, men det finnes én bamse som ikke har holdt
denne avtalen. Det var jo litt tåpelig, han ødela et le-
ketøy hos jenta han bor sammen med, og da følte han
seg så dårlig at han bestemte seg for å fortelle henne
det. Jenta var vettskremt. Tenk deg, det hele skjedde
slik: Hun la seg, og så begynte bamsen å snakke. Hun
skrek etter mora si, som da også skjønte at bamser
lever. Derfor er det altså to mennesker som vet om
dette: denne jenta og mora hennes. Men de har en
avtale om å aldri snakke om det med noen.
– Og du tror at de ikke gjør det?
– At de ikke snakker med noen om det? Så klart. An-
dre mennesker tror jo bare at de er gale ...
– Det er sant. Men hvorfor kjenner du dem egentlig,
Emil?
– Denne bamsen er min gamle venn Teodor.
– Jaså. Du har altså snakket med Teodor?
– Først med Teodor, og så med mora til denne jenta
der Teodor bor. Ei veldig hyggelig dame.

– Og denne dama vil altså at vi jobber for henne? Hva slags jobb er det?
– Hun leter etter en eller to redaktører for avisa der hun er sjefredaktør. De sliter med økonomien, og hun tenkte på bamser fordi vi ikke vil ha penger.
– Men jeg er en nisse, og ikke en bamse.
– Så du vil tjene penger?
– Neida, selvfølgelig ikke. Jeg mente at hun ville gi jobbene til deg og Teodor?
– Teodor er for gammel. Han sier at han helst bare vil være hjemme, særlig etter denne katastrofen med leketøyet til Sølvi. Jeg har lyst på denne jobben, men de har to stillinger, og jeg gidder ikke å jobbe der alene. Så jeg tenkte på deg! Du er blid, du liker å reise, og du kan til og med lese og skrive litt. Fantastisk for en redaktør! Hva synes du?
– Det er jo litt av en overraskelse ... men ja, det høres interessant ut. Burde vi kanskje snakke med denne ... hva heter hun egentlig?

vits, en	joke
hva er vitsen	what's the point
å tulle, tullet	to say nonsense
verden, (en)	world
blant	among
det finnes	there is
leketøy, et	toy
vettskremt	in panic
å skrike, skrek, har skreket	to yell, to scream
Teodor	*male first name*
å slite, slet, har slitt	to strive, to have prob-lems with
neida	no, oh no, no way
katastrofe, en	catastrophe
å ikke gidde, gadd, har giddet	not to be in the mood, not be motivated for
litt av en ...	quite a ...

2

Hun åpner døra langsomt og forsiktig. Ingen må høre henne. Hun ser seg rundt i gangen, men ingen kan se henne. Da åpner noen døra – fra utsiden! Det har hun ikke tenkt på. Øyvind står foran henne med et bredt smil.

– Torunn! Hvor skal du rett før lunsj? Tar du deg fri i ettermiddag?

– Jeg ... eh ... hm ... nei ... altså, ja ... jeg kommer tilbake ...

– Hvorfor er du så nervøs? Det er ikke noe galt med en friettermiddag for vår hyggelige sjefredaktør.

– Nervøs? Jeg? Nei da, nei da ... jeg skal bare til byen ... noe jeg må gjøre ...

– Jaså? Skal jeg kjøre deg?

– Nei takk, jeg kan gå selv ... Jeg må bare hente ... støvsugeren min. Ja, støvsugeren. Den var nemlig ødelagt, skjønner du. Elektrikeren har fikset den, og nå må jeg hente den.

utside, ei	outside
fra utsiden	from outside
fri	free
ettermiddag, en	afternoon
friettermiddag, en	free afternoon
støvsuger, en	vacuum cleaner

– Men du kan da ikke bære støvsugeren gjennom hele
byen! Hvor er denne elektrikeren? Jeg skal til byen
uansett, om en halvtime omtrent, da kan jeg bare
kjøre deg.
– Nei ... nei ... det går ikke.
– Det går ikke? Hvorfor ikke?
– Eh ... altså ... jeg får en ... eh ... personlig rabatt.
Bare til meg. Personlig.
– Ahhh ... nå skjønner jeg! En personlig rabatt ... hos
en blid, ung elektriker? Ikke så verst, Torunn, ikke så
verst ...
– Øyvind, nå tuller du ...
– Hysj, Torunn, det er helt greit. Jeg synes det er på
tide at du går ut litt! Lykke til med elektrikeren din!
Han blunker, smiler og forsvinner inn i kontoret sitt
før Torunn rekker å svare.
Hun puster ut. Hun var så forsiktig, men hun tenkte
ikke på noen som var på utsiden av døren.
Uansett – Øyvind må gjerne tro at hun har en date
med elektrikeren. Men nå må hun skynde seg. Avta-
len med Emil og Nils er om 20 minutter.

halvtime, en [hall-]	half an hour
personlig [pæ-sjonli]	personal(ly)
på tide ...	time to ...
lykke, (ei)	luck, happiness
lykke til	good luck
blunke, blunket [o]	to blink
date, en [dejt]	date
minutt, et	minute

3

Hun klikker på den blå knappen. Ingenting skjer.
– Faen!

Heldigvis er hun alene. Ingen kan høre henne. Hun
bestemmer seg for å starte datamaskinen på nytt. Det
tar tid. Hun ser på klokka. Samtalen med Emil og
Nils begynner om tre minutter. Hun ser på den svarte
skjermen og venter. Hun begynner å bli usikker.
Hvordan skal dette gå? Hvis Emil og Nils begynner å
jobbe for Nordavinden, hvordan kan hun skjule dem
for redaksjonen? Kan hun forklare at det er KI som
har skrevet tekstene – vil Øyvind tro på det?
Da er den blå knappen her igjen. Hun trykker på den
så fort hun kan. Nå skjer det noe, endelig. Hun ser på
klokken igjen: 30 sekunder til. Kamerabildet hennes
kommer opp. Og nå ser hun to kamerabilder til: På
det ene er alt mørkt, på det andre ser man en brun
bamse som sitter bak et stort skrivebord.
– Emil!

Det var for høyt. Hun må få ned lyden.

faen	shit, fuck
å starte, startet	to start
på det ene, på det andre	on the one … on the other

– Neimen, jeg kan jo se deg! For en hyggelig overras-
kelse!
Før Emil eller Torunn rekker å svare, fortsetter han:
– Ah, beklager. Jeg har glemt å si hei til deg, Torill.
Jeg ble så overrasket over å se Emil på kamera. Jeg
heter Nils.
– Hyggelig, Nils. Jeg heter faktisk Torunn. Takk for at
dere kom til intervjuet.
– Tusen takk, Torunn. Nils, kan du slå på kameraet
ditt, slik at vi også kan se deg?
– Ja, bare vent litt, Emil. Jeg må finne det. Det er så
mange knapper her, hva kan det være ... «del på
YouTube» ...
– Nei, ikke den knappen, Nils.
– Hva ellers ... «slå av mikrofon» ...
– Ikke den heller.
– Ah, her, «kamera»!

Man hører at Nils klikker på noe. Så ser man et kjøk-
kenbord med noen ting som er igjen fra frokosten: to
asjetter, en kopp, en pakke med frokostblanding og et
tomt glass. Nils sitter der, mellom koppen og fro-
kostblandingen. Man kan bare se brystet, hendene og
munnen hans. Resten av hodet er over kamerabildet.
– Kan du holde telefonen din litt høyere, Nils? Slik at
vi kan se hele ansiktet ditt.
– Ja, sånn, ja.
Bildet beveger seg. Nå ser man det hvite taket.
– Litt lavere.
Endelig ser man ansiktet til Nils.

neimen	*expression of (positive) surprise*
ah	oh
Torill	*female first name*
mikrofon, en	microphone
asjett, en	(small) plate
tak, et	ceiling, roof

– Flott, da kan vi jo bare begynne. Jeg er glad for at
dere er interessert i å jobbe for Nordavinden. Jeg he-
ter som sagt Torunn, og jeg er sjefredaktøren.
– Hva er en sjefredaktør?
– Altså, det betyr at jeg er sjefen for hele avisa.
– Aha. Jeg skjønner. Og du vil altså at vi skal jobbe for
deg? Uten at du betaler oss, selvfølgelig?
Dette jobbintervjuet begynner litt annerledes enn
vanlig. Torunn ser på listen over spørsmål hun stiller
i jobbintervjuer: Hvorfor bør vi ansette deg? Hva sier
tidligere sjefer og kolleger om deg? Kan du fortelle
litt om dine sterke og svake sider? Hvorfor har du
søkt denne jobben? Hvorfor slutter du i jobben din?
Hva vet du om Nordavinden?
Ingen av spørsmålene passer til denne samtalen. Nils
er veldig direkte, men han har jo egentlig rett: Hun
har ikke noe veldig fristende tilbud. Men Nils virker
likevel interessert. Hun legger listen til siden og smi-
ler i kameraet:
– Ja, altså ... som dere vet, er Nordavinden i en van-
skelig finansiell situasjon.
– Dere har ikke penger?
– Man kan si det slik, ja.
– Men dere har ikke gått konkurs ennå?
– Nei, nei ...
– Da er jo alt i orden. Vi er ikke interessert i penger.
Det er en ting for mennesker, ikke sant, Emil?
– Ja, Nils har rett, betalingen spiller ingen rolle for
oss. Vi spiser ikke, vi leier ikke hus ... vi trenger bare
litt hjelp når vi er syke, men til nå har vi alltid klart

Interessert	interested
sjef, en	boss
liste, ei	list
finansiell	financial
i orden [å]	in order, ok
betaling, ei	payment
hjelp, ei	help

oss veldig bra.
– Så fint. Jeg kan tenke meg at dere kan være til stor
hjelp for oss fordi ...
– Og hva skal vi gjøre?
– Tja, vi leter etter folk ... etter noen som kan hjelpe
oss med å skrive artikler om ting som skjer i Tromsø
og i resten av Norge. Det betyr også at dere må reise
litt av og til. Selvsagt trenger dere ikke å snakke med
noen. Og vi tar oss av alle kostnader.
– Ja, det er viktig at dere betaler alt. Vi har jo, som
sagt, ikke penger. Men hva synes du, Emil? Du sier så
lite. Det er jo bare Tori ... Torunn og jeg som snakker.
– Nei, altså, jeg synes det høres flott ut. Det kan bli
ganske kjedelig når man er hjemme hele tida. Vi tren-
ger nok ingen kontrakt, ikke sant?
– Nei, det trenger vi ikke. Det er nok best uten kon-
trakt. Ingen må jo vite at dere jobber for oss ... Redak-
sjonen kommer til å tro at det er jeg som henter inn
informasjonen, og at KI-en skriver artiklene.

Et øyeblikk tenker Torunn på hva man kan skrive i
en kontrakt med en bamse og en nisse som jobber
uten betaling ... Hun ser på listen sin en siste gang. Ett
spørsmål, nederst på listen, passer kanskje likevel:
– Har dere noen spørsmål til oss i Nordavinden?
– Ja, så klart! Når skal vi begynne?

kontrakt, en	contract
nederst	(all the way) down, at the bottom

4

Noen ting er mye enklere for nisser enn for mennesk- ker. Andre ting er mye vanskeligere. Nils har to timer før han må være ved Fjellheisen, men han er redd for at det ikke er nok. Det første problemet er å komme seg ut av huset. Han klarer å åpne døren til leiligheten, men ingen må se ham på trappen.

Leiligheten er i femte etasje. Nils lytter om det er noen på trappen, men han hører ingen. Heldigvis er døren nede en glassdør: Hvis noen står foran den, kan han se det og løpe tilbake. Men det skjer heldigvis ikke. Forsiktig åpner han døra og ser seg rundt på gata. Han kan ikke se noen. Klokka er ni, alle er på jobb eller på skolen. Han trekker lua godt ned i ansiktet og går mot sentrum. Hvis noen ser ham langt borte, tror de kanskje at han er et barn. Det er egentlig bra, men kanskje tenker de da at han bør være på skolen? Mennesker tenker alltid så mye. Det er farlig. Plutselig hører han en bil. Han hopper bak en søppeldunk. Forhåpentligvis er det ikke for sent. Bilen kjører ganske fort og forsvinner igjen. Ingen har sett ham. Han fortsetter å gå. Nå kommer det

fjellheis, en	cable car
etasje, en	floor, story, level
glassdør, ei	glass door
sentrum, (et)	city center
søppeldunk, en [o]	trash can

vanskeligste. Han må gå gjennom sentrum, og det er ganske mange mennesker der.

Da begynner det plutselig å regne. Så dumt, tenker Nils. Men da skjønner han: Når det regner, er det ikke så mange mennesker på gatene. Er det kanskje sjansen hans? Han løper så fort han kan. Han ser noen mennesker, men de bryr seg ikke om ham – de løper inn i butikkene så fort de kan for å skjule seg for regnet. Ingen legger merke til en nisse som ser ut som et barn.

Når han er på den store brua, slutter Nils å løpe. Det regner fortsatt, og ingen er på brua. Han ser noen lastebiler, men sjåførene fortsetter å kjøre. Endelig er han på den andre sida. Han går gjennom noen stille gater, og så står han foran Fjellheisen.

Det er her han har det første oppdraget. Det handler om en liten demonstrasjon av «Nordnorsk komité for helse og friluftsliv». De vil legge ned Fjellheisen fordi de synes at folk bør gå til fots, ikke ta en taubane til fjellet. Mange biler står foran Fjellheisen. En gruppe mennesker står der. De holder opp store plakater: «Gå opp i fjellet og ned i vekt.» «Fjellheisen må bort, vi vil heller gå – fort!» «Fjellheisen koster bare penger, vi vil ikke ha den lenger.» En gruppe unge folk står der også. De kommer nok fra Sverige, fordi det står på plakaten deres: «Skolstrejk mot Fjällheisen!» Nils prøver å komme litt nærmere. Han går bak

å regne, regnet [ræjne]	to rain
regn, (et) [ræjn]	(the) rain
bru, ei	bridge
lastebil, en	truck
sjåfør, en	driver
stille	quiet
oppdrag, et	task
demonstrasjon, en	demonstration
komité, en	committee

bilene slik at ingen kan se ham. Nå kan han høre
at det er en annen journalist der. Nils synes det er
bra, for han kan selvfølgelig ikke intervjue folk selv.
Men han forstår ikke hva journalisten sier. Han må
gå enda litt nærmere. Det står en rød bil rett foran
journalisten og den unge mannen journalisten snak-
ker med. Kanskje Nils kan gjemme seg under denne
bilen? Han sniker seg frem. Bilen er ganske stor, så
det er mye plass under den. Han klarer til og med å
sitte under bilen. Han tar ut papir og begynner å gjøre
notater.

– Men synes dere ikke at det er viktig for noen folk
å ha Fjellheisen? Folk som er syke eller gamle, for
eksempel? spør journalisten.

– Når man er syk, bør man holde senga og ikke gå
på fjelltur. Og når man er gammel, så har man for-
håpentligvis vært på fjellet så ofte at det holder med
gode minner.

Nils er forbauset. Unge folk kan være ganske dumme,
tenker han. Men nå er han journalist: Det er ikke vik-
tig hva han synes. Det som er viktig, er hva han hører
og ser. Plutselig hører han et forferdelig bråk. Det tar
et øyeblikk før han skjønner hva som skjer: Noen har

friluftsliv, et	life/relaxation outdoors
taubane, en	funicular
plakat, en	poster
vekt, (ei)	weight
skolstrejk	*Swedish*: school strike
fjällheisen	*Swedish*: funicular
journalist, en [sjor-]	journalist
å intervjue, inter-vjuet	to interview
frem	forward
eksempel, et	example
fjelltur, en	hiking tour in the mountains

startet bilen! Han kan ikke huske at han hørte bildø-
ren. Satt sjåføren i bilen?
Det spiller ingen rolle nå. Han hopper ut fra under
bilen. Men ... åh nei! Nå står det folk ved siden av
bilen – og de kan se ham! Nils ser seg rundt, omtrent
20 meter til venstre står det noen små trær. Han løper
dit så fort han kan.

bildør, ei   car door

5

– Ja, hallo?
– Emil! Godt at du tar telefonen. Det har skjedd en
katastrofe.
– Jaså? Hva da?
– Noen har sett meg!
– Hvem?
– Jeg vet ikke. Mange folk. Jeg var ute på mitt første
oppdrag, og så plutselig ...
– Hvor er du nå?
– Hjemme.
– Det er bra. Det er jo faktisk det viktigste. Slapp av,
så kan du forklare meg hva som har skjedd.
Nils puster dypt. Så begynner han å fortelle Emil hva
som har skjedd. Når han er ferdig, sier Emil:
– Greit: to ting. Det første er: Jeg tror ikke det er så
farlig at folk har sett deg. Det hele gikk jo ganske fort.
Og alle var opptatt med andre ting. Men du må nok
være forsiktigere fra nå av. Det andre er at vi må skri-
ve artikkelen nå. Det kan bli litt vanskelig, men jeg
skal prøve. Jeg har jo fått litt informasjon fra deg, og
kanskje jeg klarer å finne noe mer på
nettsiden til denne «Nordnorsk komité
for helse og friluftsliv».

nettside, ei   website

– Det høres supert ut, Emil. Tusen takk for det.
– Bare hyggelig. Fikk du tatt et par bilder?
– Nei, dessverre ikke.
– Det gjør ikke så mye. Vi tar et gammelt bilde av
Fjellheisen. Det er nok. Jeg begynner å skrive nå, og
når jeg er ferdig, sender jeg teksten til Torunn.
– Burde vi fortelle henne hva som har skjedd?
Emil nøler litt. Så sier han:
– Ja. Jeg synes det er best å si sannheten. Jeg skal for-
telle det til henne.
– Du gjør det?

– Ja, jeg skal ta meg av det.
– Takk skal du ha, Emil. Du er en ekte venn.
– Jeg vet, du har sagt det før.
– Det kan man ikke si for ofte.
– Det er helt greit, Nils. Nå må du slappe av litt. Jeg
skal skrive artikkelen og ta kontakt med Torunn, og
så snakkes vi.
– Det gjør vi. Ha det bra, Emil!

super	perfect, great
bare hyggelig	you're welcome
Fikk du tatt ...?	Did you manage to take ... ?
det gjør ikke så mye	it doesn't matter so much
å ta seg av noe	to take care of something

6

Torunn kjenner seg både kald og varm samtidig. Hun ser på avisene som ligger på konferansebordet foran henne. Alle har den samme historien på første side.
– Alle, virkelig alle, sier Øyvind. Aftenbrevet, Nattbladet, Skolekampen. Polarlys selvfølgelig også. Bare ikke Nordavinden.
Torunn sier ingenting. Hun leser artikkelen: «Bor det nisser i Tromsø?» Hun kan ikke tro det – redaktøren fra Nattbladet beskriver Nils overraskende bra.
– Og du har virkelig ikke sett noe?

å kjenne seg, kjente	to feel *(someone's own emotions/body)*
aftenbrev, et	"evening letter", *here: name of a (nonexisting) newspaper*
nattblad, et	"night paper", *here: name of a (nonexisting) newspaper*
skolekamp, en	"school struggle", *here: name of a (nonexisting) newspaper*
polarlys, et	"polar light", *here: name of a (nonexisting) newspaper*
å beskrive, beskrev, har beskrevet	to describe

– Jeg ... altså ...

Torunn vet ikke hva hun skal svare. Av alle redaktørene i landet som har skrevet om Nils, er hun den eneste som vet hva som virkelig har skjedd. Men det må ikke Øyvind vite. Da Emil ringte i går, tok hun ikke problemet med Nils på alvor. Hvem kan tro at de har sett en nisse? Særlig når det bare var i et par sekunder? Hun har forklart til Øyvind at den første artikkelen av KI-en er litt kort, men at hun er fornøyd med resultatet. Øyvind har ikke sagt så mye om det – før nå.

– Jeg skjønner virkelig ikke hva alle de andre har sett som du ikke har sett.

– Nei ... altså ...

Torunn tenker og tenker. Hun må gi et svar fort. Et

alvor, (et)	seriousness
å ta på alvor	to take seriously
resultat	result
svar, et	answer
det går (bare) ikke	it (just) doesn't work
klin kokos	crazy
protestaksjon, en	civic action
sosial	social
sosiale medier	social media
å nøle, nølte	to hesitate
spør du meg	if you ask me
seriøs	serious
sånn generelt	(just) in general
troll, et [å]	troll
å finnes, finnes, fantes, har funnes	to exist
esoterisk	esoteric
å sette pris på	to appreciate
eventyr, et	fairy tale, *also*: adventure

lite øyeblikk vil hun nesten fortelle Øyvind om Nils.
Men det går bare ikke. Hun sier:
– Jeg var der, Øyvind. Det var ingen nisser på Fjell-
heisen. Det er jo bare tull.
– Men de andre avisene, Torunn?
– De er blitt gale! Klin kokos!
– Men det er jo ikke mulig. Alle skriver jo det samme!
At det var en nisse på protestaksjonen, han skjulte seg
under en bil og løp så inn i skogen. Hva kan de ha
sett?
– Ingenting, Øyvind. Det må være noe fra sosiale me-
dier. Fake News! Du vet hvordan det er. Noen skriver
noe rart, alle klikker på det fordi det er så rart, og alle
skriver det igjen og igjen – fordi det er så rart.

Øyvind nøler.

– Hm ... jeg vet ikke ...
– Det er bare å finne ut hvem som har skrevet om
det på de sosiale mediene først, og så vet du hvor
det kommer fra – hvis du synes det er viktig. Men
spør du meg, så er det viktig at vi ikke skriver om
det: Nordavinden er ei seriøs avis, vi skriver ikke om
nisser og bamser.
– Hvorfor bamser?
– Eh ... jeg bare sa det. Sånn generelt. Nisser, bamser
... troll ... ting som ... ikke finnes.
– Det finnes jo bamser.
– Øyvind, du vet hva jeg mener. Vi skriver ikke om
esoteriske ting, vi skriver
nyheter. Sannheten. Kun-
dene våre setter pris på det.
– Kanskje ikke. Kanskje de
vil lese noe rart, noe uvan-
lig, noe stort ...
– Det er klart, men bare
hvis det virkelig har skjedd.
Hvis man vil lese eventyr, 

må man kjøpe Asbjørnsen og Moe, ikke Nordavin-
den.
– Kanskje … Men uansett, hvorfor var artikkelen vår
egentlig så kort, Torunn? Vi skrev nesten ingenting
om protestaksjonen, ikke engang et bilde …
– Jeg … jeg har ikke skrevet så mye på ganske lang tid,
Øyvind. Det er jo flott at KI skriver artiklene, men jeg
må jo selv gå og hente informasjonen. Som sjefredak-
tør har jeg ikke gjort det på en stund. Det blir sikkert
bedre etter hvert.
– Jeg forstår, Torunn. Det er sant, det blir sikkert
bedre etter hvert. Så lenge du ikke tenker for mye på
elektrikeren din …
– Elektrikeren? Hvilken elektriker?

Men Øyvind smiler bare og går. Da husker hun his-
torien om elektrikeren. Øyvind tror altså fortsatt at
hun møter en elektriker som ikke finnes. Men faktisk
møter hun en nisse og en bamse – som finnes.
Elektrikeren … Ja, dessverre er det ingen «elektriker»
i livet hennes. Plutselig merker hun hvor ensom hun
er. Så klart, hun har Sølvi, men ellers? Hele familien

Asbjørnsen	*Norwegian author and collector of fairy tales*
Moe	*Norwegian author and collector of fairy tales*
Sørlandet	*southern part of Norway*
alder, en	age
Anne-Elisabeth	*female first name*
Lørenskog	*town in the vicinity of Oslo*
app, en [æ]	app
Finnder	*name of a (non-existing) dating app*
verdt	worth
forsøk, et	try

og nesten alle vennene hennes bor enten på Sørlandet eller i Oslo. I Tromsø kjenner hun bare Øyvind og de andre som jobber for avisa. Men hun kan ikke si at de er venner. Kanskje burde hun prøve å møte folk. Men på hennes alder?

Ja, hvorfor ikke, egentlig? Venninnen hennes, Anne-Elisabeth fra Lørenskog, har fått seg ny kjæreste på Internett – gjennom en app som heter Finnder. Det er kanskje verdt et forsøk? Hun sjekker om noen ser henne gjennom døra. Så skriver hun på datamaskinen sin: www.finnder.no.

Hey, I'm glad you're here! I mean, I'm a bit surprised that you are so interested in my life. Is it really that exciting? Well, maybe more exciting than *your* life, hehe ... Are you wondering why I'm speaking English? Actually – as you might guess – Emil taught me. He speaks several languages. And I have to practice speaking English, because as a journalist, I sometimes have to talk to people who do not speak Norwegian.

Anyway, Emil insisted that I tell you a few things about the Norwegian language. He believes it will help you to have some explanations of the text you are reading. Not sure if that's true, but you can judge for yourself. By the way, I think it's really cool that you're learning my language. I guess soon we can talk to each other in Norwegian.

Let me start with *modal verbs*. These are verbs that usually need another verb with them. Like here:
> Ingen må høre henne. (p. 23)

But in the following sentence the modal verb stands alone:
> Hvor skal du? (p. 23)

That works because everyone understands what the second verb would be. In this sentence it would be **gå** or **dra**.
Notice that we don't always use the same modal verb in English and in Norwegian. For example, when we have taken a decision, we say **jeg skal**, but in English you would not say *I shall*. Unless you're old-fashioned, like Emil. Most people would rather say *I will*. However when you say **jeg vil** in Norwegian, it doesn't mean the same as *I will*. It means you're not sure yet whether you are going to do it, so it corresponds to the English *I would like to*.
The modal verb **burde** doesn't have a direct translation in English. It's usually about advice, something one "should" do (and that means, as you can see, that *should* is not the same as the Norwegian **skulle**).
> Burde vi fortelle henne hva som har skjedd? (p. 34)

If you want to learn more about modal verbs, you should check out ***The Mystery of Nils*** chapters 3, 6, and 23. Emil will be proud of you if you study all of this.

Another grammar point I should explain is *utbrytning*. We use this to stress something. In the sentence **Det er jo bare <u>Torunn og jeg</u> som snakker**, I want to stress **Torunn og jeg**. Otherwise I could just say **Bare Torunn og jeg snakker**. Learn more about this in ***Mysteriet om Nils*** chapter 31.

A final grammar point Emil wants you to be aware of is this weird thing with *gender*. When you have a feminine noun, you can always use the masculine form – but never the other way round. Like, instead of **ei dør** you can say **en dør**. Instead of **døra** you can say **døren**. Even this text is not consistent about the gender, you will find both forms. However you can never do it the other way round, so masculine nouns will always be masculine (**en nisse** will always be **en nisse**). I never really understood why that is so. Emil has explained it to me several times, but I keep forgetting. If you really want to understand it, check out this Youtube channel:
https://**www.youtube.com/TheNorwegianSchool**

Ok, I hope that wasn't too much. Emil thought it might be useful so you understand how Norwegian works, but I believe you should never worry about these issues when you are speaking Norwegian. We will definitely understand what you want to say, and we won't make fun of you if you make mistakes. We are not dragons. Well – most of us.

If you want to practice speaking Norwegian without worrying too much about grammar, get the free Survival Guide to Norwegian grammar:
https://**www.skapago.eu/en/learn-norwegian-free/**.

7

Det er lenge siden Nils har kjedet seg så mye. Han sitter hjemme og leser den nyeste boken av den kjente norske forfatteren Jens Foss: «Presten og Gud» – mer enn 500 sider på nynorsk. Boka handler om en prest som tror han har drept Gud, og anmeldt seg selv til politiet. Men politiet gjør ingenting fordi sjefen på politistasjonen ikke tror på Gud. Historien er egentlig

kjent	well-known
forfatter, en	writer
Jens	*male first name*
foss, en [å]	waterfall, *here: last name*
prest, en	priest
nynorsk	*alternative version of the Norwegian written language*
å drepe, drepte	to kill
politistasjon, en	police station

ganske kort, men etterpå kommer det mange sider
med kompliserte filosofiske spørsmål som Nils ikke
er interessert i.
Nils har egentlig aldri vært interessert i å arbeide for
kulturdelen i Nordavinden. Men etter katastrofen på
Fjellheisen har Torunn gitt ham denne oppgaven: lese
«Presten og Gud» og etterpå intervjue Jens Foss på
telefon. Nils syntes jo det var kjedelig, men han følte
at han ikke kunne si nei. Han har jo gjort en stor feil
på Fjellheisen, og det er han klar over. Han er ganske
glad for at Torunn ikke har vært så sint. Hun sa bare:
«Vi gjør alle feil, Nils. Det er en del av livet.»
Men nå vil hun likevel være litt forsiktig. Hun synes
det er best at Nils jobber hjemmefra og bare på tele-
fon. Nils legger boka fra seg. Han har ikke kommet
lenger enn til side 198. Han har et lite stykke papir på
bordet med spørsmål til Jens Foss, men akkurat nå
står det bare ett spørsmål der:
«Hvorfor er boka di så kjedelig?»
Nils skjønner at han ikke kan stille dette spørsmålet
til Jens Foss. Han bestemmer seg for å ringe Emil.
– Har du lest «Presten og Gud», Emil?

filosofisk	philosophical
kulturdel, en	feuilleton
oppgave, ei	(small) task, exercise
feil, en	mistake
sint	angry
hjemmefra	from home
Erna	*female first name*
kjempespennende	super exciting
mobil, en	mobile phone
adresse	address
nummer, et [o]	number

– Nei, men Erna har lest den, og det har Lise også.
Lise sa at den var kjempespennende, med så mange
dype filosofiske spørsmål. Men Erna var mindre be-
geistret. Hun syntes boka bare var tomme ord.
– Så hva skal jeg spørre Jens Foss om under intervju-
et?
– Hm, det er et godt spørsmål. Jeg vet virkelig ikke.
Emil sitter og tenker litt. Plutselig sier han:
– Jeg har en idé! Spør KI. Sier ikke Torunn at det er
KI som skriver artiklene våre? Nå kan den virkelig
hjelpe oss.
– Det er sant, Emil. En riktig god idé. Takk skal du ha!
Nils legger på og går på Internett på mobilen sin. Han
skriver adressen til KI-systemet, og så spør han:
– Du er en nisse som skal intervjue forfatteren Jens
Foss om den nyeste boken hans, «Presten og Gud».
Hvilke spørsmål stiller du?
Det tar bare noen sekunder, og så har Nils ti spørs-
mål. Han tar papirlappen sin, stryker det første spørs-
målet («Hvorfor er boka di så kjedelig?») og skriver
så spørsmålene fra KI. Så slår han nummeret til Jens
Foss.

8

På kafé Omtrent er det ikke mange folk denne mandag ettermiddagen: noen gutter som snakker om et skoleprosjekt, to eldre damer som spiller sjakk, og Torunn sammen med sin nyeste date fra Finnder: Rune, en 48 år gammel mann som jobber som norsklærer på en ungdomsskole på Kvaløya. Rune er skilt, har to barn, trives på fjellturer og skriver dikt. Nå smiler han, drikker litt kaffe og sier:

– Jeg har lest det fantastiske intervjuet ditt med Jens Foss, Torunn. Og jeg må si at jeg er begeistret. Du har stilt så dype spørsmål! Jeg så med én gang at du virkelig har forstått «Presten og Gud». Etter å ha lest intervjuet har jeg faktisk begynt å lese denne boka en gang til. Jeg leser den med helt andre øyne nå. Det må jeg virkelig takke deg for.

– Eh ... ja ... hehe ... sier du det? Så fint ...

Torunn vet ikke helt hva hun skal svare. Hun kan jo ikke fortelle Rune at hun aldri har lest «Presten og Gud». Det er ganske komplisert for henne at Nils og Emil skriver artiklene under hennes navn.

skoleprosjekt, et	school project
Rune	*male first name*
norsklærer, en	Norwegian teacher
Kvaløya	*island near Tromsø*
dikt, et	poem
sier du det?	really?

Dette har faktisk vært et problem før: Etter intervjuet
sendte Nils notatene til Emil, som skrev hele teksten.
Denne teksten sendte Torunn så til Jens Foss, og han
likte den godt, men så spurte han: Hvorfor står det
Torunn Færvik som redaktør, jeg har jo snakket med
en mann? Torunn forklarte ham at hun var syk, og at
hun da ofte høres ut som en mann. Heldigvis har Jens
Foss vært fornøyd med denne forklaringen.
Nå er hun altså litt usikker på hva hun skal si til
Rune. Kanskje hun skal bytte tema?
– Jeg kan godt tenke meg at du liker Foss, Rune. Du
er jo selv norsklærer, og så skriver du dikt, har jeg lest
på Finnder.

Det fungerer. Rune smiler igjen, setter kaffekoppen
på bordet og sier:
– Det stemmer. Vil du lese noe?

Uten å vente på Torunns svar åpner han ryggsekken

forklaring, en	explanation
tema, et	theme, topic
notatbok, ei	notebook
åpen	open
hage, en	garden
poetisk	poetic
å like noe godt	to like something a lot
å føre, førte	lead
Ulf	*male first name*
styrmann	ship's officer
hurtigruteskip	Hurtigruten ship *(passenger and cargo ship that goes on the Norwegian coast every day)*
sist fredag	last Friday

sin og tar fram en liten notatbok. Han åpner den og begynner å lete etter en tekst. Når han finner den, gir han den åpne boka til Torunn. Hun begynner å lese:

> *Eplet*
>
> *Når jeg spiser et eple*
> *så sunt så sunt*
> *Gult og rødt*
> *rødt og gult*
> *fra hagen til min munn*

Hun ser opp fra boken.
– Det er … ehm … hva skal jeg si …

Rune ser på henne med åpne øyne.
– … veldig … poetisk, ja! Man kan nesten tro at det er et dikt av Jens Foss, haha!
– Nei, nå overdriver du, Torunn, haha! Men flott at du liker det så godt.

Han tar notatboken igjen og legger den tilbake i ryggsekken. Torunn ser på klokka. Skal hun bare si at hun må gå tilbake til kontoret? Det med Rune fører jo ikke til noe. Det var mye bedre med Ulf: Hun møtte ham tre dager før. Ulf er styrmann på et hurtigruteskip. Hurtigruteskipene er i Tromsø hver ettermiddag i fire timer, og da Ulfs skip var i havna sist fredag, hadde han fri og kunne møte Torunn. De satt også på kafé Omtrent, men Torunn følte seg mye bedre under samtalen. Hun kan egentlig ikke helt si hvorfor. Det er bare en sånn følelse … Hun husker nesten ikke hva de egentlig snakket om – bare at Ulf smilte mye, lo ofte og at hele samtalen gikk av seg selv.

Hun trivdes med Ulf, og Torunn var nesten litt trist
da Ulf måtte tilbake til skipet sitt rundt kl. 18.
Men hun har ikke hørt så mye fra Ulf etter møtet
med ham. Selvsagt jobber han mye, men kanskje har
han glemt Torunn allerede? Det er jo litt interessant
at hun er mest interessert i menn som har praktiske
yrker: Ulf, som er sjømann, for eksempel, men også
en snekker som hun snakket med på Finnder: Jørgen.
Men hun har ikke møtt Jørgen. Hun synes nemlig at
han er for gammel. Kanskje er det en dum idé å tenke
slik?
Uansett, nå sitter hun her med Rune. Han sier:
– Hva tenker du på?
– Eh ...
Hun bør nok ikke si til Rune at hun tenker på andre
menn. Hun prøver å smile og svarer:
– Vet du ... dattera mi ...
Hun ser på klokka og spiller overrasket:
– Det er jo så sent allerede! Jeg må nesten skynde meg
hjem fordi ... fordi jeg må lage middag.

Idéen med middagen er ikke særlig kreativ, men
Rune ser ut til å tro på den.

praktisk	practical
sjømann	sailor
snekker, en, snek-kere	carpenter
Jørgen	*male first name*
jeg må nesten ...	I'm afraid I have to ...
kreativ	creative
i hvert [æ] fall	in any case
å møtes, møtes, møttes, har møttes	to meet (each other)
telefonnummer, et [o]	phone number

– Jeg skjønner. Det har i hvert fall vært veldig hygge-
lig å bli kjent med deg, Torunn.

Torunn smiler og reiser seg. Hun vil ikke si så mye
– hun synes jo ikke at det har vært hyggelig å treffe
Rune, men det vil hun selvfølgelig ikke si. Hun tar på
seg jakka, sier «ha det bra, Rune» og går ut på gata
før Rune rekker å spørre om hun vil møtes igjen, om
hun vil ha telefonnummeret hans, om hun vil lese
flere dikt ...
Ute er det kaldt. Det blåser, og det ser ut som det
begynner å regne ganske snart. Torunn skynder seg
til holdeplassen.

9

Torunn føler hun er tilbake i mattetimen på ung-
domsskolen: Hun sitter igjen ved konferansebordet
sammen med Øyvind – og med regnskapsføreren.
Hun sier:
– Det er meget positivt at dere har kuttet kostnadene.
Hvem snakker slik, tenker Torunn? Det er nok bare
regnskapsførere, mattelærere og jurister som sier
«meget positivt» når de vil si «veldig bra».
– Men dere har et annet problem.
– Ja vel? spør Øyvind.

Han har sittet smilende ved bordet, for han er vel
stolt over ideen med KI som gjør Ryggs og Stenersens
jobb – i hvert fall er det det han tror. Men nå er smilet
borte. Regnskapsføreren ser alvorlig på dem:
– Dere selger færre aviser enn før.
– Men hvordan er det mulig? spør Øyvind. Vi har jo
skrevet veldig gode artikler!
– Men salget går ned likevel. Unge folk leser ikke
avisa, og gamle folk dør.
– Hva skal vi gjøre da?

mattetime, en	math lesson
meget	very
positiv	positive
jurist, en	lawyer
salg, et	sale

– Jeg er regnskapsfører, ikke redaktør. Det må dere nok finne ut av selv.

Hun reiser seg, tar notatene sine, sier «ha det bra» og går ut av rommet.
– Pfff ... den der kjerringa ...
– Øyvind! Hun kan ennå høre oss.
– Sannheten, Torunn! Hun hører bare sannheten.
– Likevel, Øyvind, jeg vil ikke at hun slutter å arbeide med oss. Hun er ikke akkurat snill, men hun arbeider nøyaktig. Og uansett, hun har jo rett.
– Har du kanskje en idé, Torunn? Vi må skrive om et eller annet som er interessant for unge folk.
– Jeg aner ikke. Det er lenge siden jeg var ung.
– Men Torunn, nå overdriver du. Du ser ti år yngre ut enn du er.
– Jaja, Øyvind. På Finnder er det stort sett menn over 65 som tar kontakt med meg.
– På Finnder? Har du Finnder-profil? Jeg tenkte at du datet denne elektrikeren?
Torunn er sint på seg selv. Hvorfor sa hun det om Finnder-profilen? Hun gidder jo ikke å diskutere dette med Øyvind.
– Nei, ingen elektrikere. Bare en gammel snekker og en rar norsklærer.
– Ååå, så spennende! Hvorfor er norsklæreren rar?
– Han skriver dikt om epler.
– Er det ikke noe norsklærere gjør?

den der ...	that ...
et eller annet	something
profil, en	profile
å date, datet [dejte]	to date
å diskutere, disku- **terte**	discuss

– Jeg vet ikke. I hvert fall liker jeg ikke det. Men han likte intervjuet mitt med Jens Foss.

– Så bra! Det er et flott intervju, ja.

– Men åpenbart er det ikke bra nok for salget. Vi må finne på noe annet for å få unge lesere.

– Tja, jeg vet ikke hva jeg skal si, Torunn. Jeg er jo ikke så ung heller ...

– La oss fortsette en annen dag, Øyvind. Jeg er sliten. Da klarer jeg ikke å tenke kreativt.

– Det skjønner jeg. Vi må slappe av litt. Det er jo godt at vi har fått styr på kostnadene. Og det med KI fungerer supert.

– Ja, det ... det fungerer veldig bra, sier Torunn og reiser seg.

– Jeg skal gå hjem nå. Klokka er bare tre, men ...

– Men du skal på en Finnder-date? Med en kjekk sjømann, kanskje?

Torunn er overrasket. Vet Øyvind noe om Ulf?

– Har jeg snakket om en sjømann?

– Nei, nei, jeg bare sier det ... Tromsø er jo ved sjøen ...

– Ikke sant ...

– Uansett, slapp av i kveld, og så kommer du sikkert tilbake med mange gode idéer i morgen.

– Jeg håper det ...

Og hun håper det virkelig. Selvfølgelig sier hun ikke til Øyvind hvem som skal hjelpe henne med å finne gode idéer.

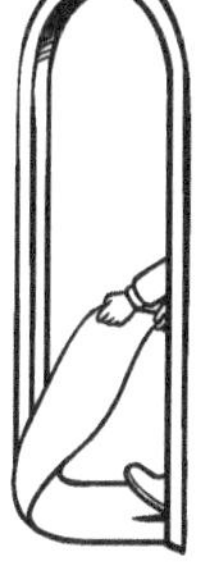

leser, en, lesere	reader
å la, lar, lot, har latt	let
å få styr på ...	to get ... under control
kjekk	handsome
sjø, en	sea

10

Nils føler seg trist. Det er ikke at han selv er trist, men han blir alltid trist når han ser andre som er triste. Og det er helt klart at Torunn er veldig trist, selv om hun ikke sier det.

Hun sendte melding til Emil og ham rett etter kl. 15 og ba om et møte. Nå sitter de alle tre i videokonferansen og diskuterer hva de kan gjøre med Nordavinden. Men verken Emil eller Nils har noen idéer, og Torunn ser virkelig sliten ut, så Nils bestemmer seg for å spørre henne om hva som er i veien.

– Du virker sliten, Torunn. Er det noe galt? Mer enn bare problemene med avisa?

– Åh ja, beklager, Nils, jeg har det litt tungt akkurat nå, det er sant ...

– Hva er problemet?

– Det er selvfølgelig mye stress på jobb, men det er nok også at jeg føler meg litt ensom ...

– Ensom? Har du ikke dattera di?

– Ja da, men hun er et barn, og akkurat nå er hun hos faren sin ... av og til savner jeg å kunne snakke med ei venninne ...

– ... eller med en mann?

videokonferanse	video conference
noe er i veien	something is wrong, causing a problem
å ha det tungt [o]	to have a difficult time
stress, (en / et)	stress

Nils ser noe rødt på skjermen. Det er en liten boks
med tekst. Nils leser: «Direktemelding fra Emil: Hysj,
Nils! Slutt å snakke slik med sjefen vår!!!»

Det er jo sant, tenker Nils – kanskje er han for direk-
te? Det er nok best å be Torunn om unnskyldning.
– Jeg beklager, Torunn. Emil synes at jeg ikke bør
snakke med deg på denne måten.
Emil ser på ham med åpen munn … Har han gjort
noe galt igjen?
– Nei, Nils, det er helt greit … Faktisk setter jeg pris
på at du spør så direkte. Du har rett, det er også menn
jeg sliter med.
– Kanskje du burde lage en profil på Finnder. Jeg
har hørt mye godt om det. Jeg har hørt om en eldre
snekker som …
– Jeg har faktisk profil på Finnder, Nils.
– Åh ja, har du det? Så har du møtt mange menn?
Igjen åpner Emil øynene sine i skrekk, men Nils
forstår ikke hvorfor. Torunn ser ut til å være glad for
at hun endelig kan snakke med noen om problemene
sine.
– Ja, jeg har faktisk møtt et par menn …
– Men de var kjedelige? Eller stygge?

Nils ser at Emil begynner å skrive noe igjen, men han
ignorerer det.
– En av dem var kjedelig. Så var det en annen mann
som var litt for gammel, synes jeg. Og så den tredje …
tja, jeg vet ikke.

direktemelding, ei	instant message
å slutte, sluttet	to stop
å ignorere, igno-rerte	to ignore
å tenke seg om	to think about it, to thing carefully
gammeldags	old-fashioned

– Hva vet du ikke?
– Vi møttes bare én gang.
– Møt ham igjen, da.
– Ja ... det er ikke så lett.
– Hvorfor ikke?
– Han er sjømann. Han jobber på en båt.
– Ja, sånn, ja ... sjømann ... men da har han jo fri ganske ofte?
– Det er sant. Han er på båten i tre uker, og så er han hjemme i tre uker.
– Ja, men det er jo bra. Da venter du til han har fri neste gang, og så kan du treffe ham igjen. Og så får du se om du liker ham.

En ny melding fra Emil kommer opp på skjermen. IKKE SI TIL TORUNN HVA JEG SKRIVER. VI MÅ SNAKKE OM AVISA, IKKE OM MENNENE HUN MØTER. Nils tenker seg om mens Torunn nøler med svaret. Men han bestemmer seg for å ignorere Emil igjen. Det er jo klart at dette temaet er viktig for Torunn, altså må de snakke om det. Emil er virkelig gammeldags.
– Det er ikke så enkelt, Nils ...
– Hvorfor ikke? Hva har du tenkt å gjøre ellers?
– Du har jo rett. Nei, jeg skal nok møte Ulf igjen når han kommer tilbake til Tromsø neste uke.
– Da er vi jo enige. Sånn, nå kan vi snakke om avisa igjen. Emil, har du en idé?

Emil ser opp på kameraet. Han ser ut til å være ganske glad over at samtalen nå handler om avisa igjen. Men han sier:
– Helt ærlig, jeg vet ikke. Jeg har ikke så mye kontakt med unge folk.

Nils ser på Torunns bilde på skjermen. Hun ser ut som om hun plutselig har fått en idé. Hun ser ned på bordet og begynner å skrive noe.

– En bamse ... snakker ikke med mennesker ...
– Torunn? Hva sier du?

Hun ser opp igjen.
– Nils, Emil – jeg tror at dere har gitt meg en idé. Men jeg må tenke litt først. Tusen takk for den fantastiske samtalen, i hvert fall!

11

Det var altså slik «Fortell det til bamsen din» ble til. Torunn har fått idéen om det midt i møtet med Emil og Nils. Hun ble overrasket over at Nils stilte så direkte spørsmål, men hun må ærlig si at hun likte det. Hun føler seg bedre nå. Og så tenker hun: Nordavinden trenger unge lesere. Unge lesere er interessert i psykologi, for mange av dem sliter med psykiske problemer. Og Nils klarer å løse slike problemer på en veldig praktisk måte – samtidig som Emil nok forstår enda mer om psykologi, selv om han ikke vil snakke om det i en videokonferanse.

Så alt faller på plass: Leserne kan skrive om sine personlige problemer, og Nils og Emil kan svare i avisa. Svarene kan man bare lese i papirutgaven eller i den betalte versjonen av den digitale utgaven: Folk må altså kjøpe avisa for å kunne lese svarene. Det er selvfølgelig andre aviser som har noe slikt, men da

å bli til, ble, har blitt	to come to life
psykologi, en	psychology
psykisk	mental
å løse, løste	to solve
å falle, falt, har falt	to fall
å falle på plass	to fall into place
utgave, ei	edition
papirutgave, ei	paper edition
versjon, en	version
digital	digital

er det vanligvis en psykolog som svarer. I Nordavinden er svarene anonyme, og historien med bamsen gjør det kanskje lettere for folk som ikke er klare for å skrive til en psykolog. Nils og Emil kan svare på en pragmatisk måte.

Torunn er sikker på at leserne kommer til å like dette. Og det beste er jo at hun kan fortelle leserne sannheten: De kommer til å skrive til en bamse og til en nisse. Selvfølgelig kommer de ikke til å tro at de virkelig skriver til en nisse og en bamse, men det spiller ingen rolle. Hun må bare forklare det til Øyvind og de andre i redaksjonen, men det ordner seg nok.

Nå sitter hun og skriver en tekst til leserne slik at de forstår hvordan de kan sende de første spørsmålene. Før hun trykker teksten i avisa, må hun selvsagt vise den til Emil og Nils, men hun synes at det er best å ha en ferdig idé som hun kan vise dem. Dette har hun skrevet til nå:

Sliter du med angst, kjærester, foreldrene eller med vekten din? Bekymrer du deg mye om utdanning, jobb, om penger eller om klærne dine? Da er du ikke alene. Mange, særlig unge i Norge, tør ikke spørre om råd når de har det tungt.

psykolog, en	psychologist
anonym	anonymous
pragmatisk	pragmatic
angst, en	anxiety
foreldre	parents
å bekymre seg, bekymret	to worry
utdanning, ei	education
å tørre / å tore, tør, torde/turte, har tort/turt	to dare

Torunn er fornøyd. Hun slår av datamaskinen. Klokka er nesten ett på natta. Dattera hennes har sovet i over tre timer – det er helt stille og mørkt i leiligheten. I morgen må hun forklare idéen til Øyvind – og til Nils og Emil. På tide å legge seg.

12

– Ser du, Emil, verden er ikke takknemlig: Den nye idéen for Nordavinden er egentlig min, men likevel heter den nå «Fortell det til bamsen din».
– Egentlig er det ikke din idé, men Torunns idé.
– Ja, men hun har bare fått idéen etter den lange samtalen med meg. Jeg har hjulpet henne så mye at hun har forstått at jeg har psykologisk kompetanse.
Emil hoster.
– «Psykologisk kompetanse», nå overdriver du litt ...
– Men jeg har hjulpet Torunn. Hun sier at hun føler seg bedre. Det er det som teller. Og du, du ville jo ikke engang snakke med henne om problemene hennes. Du ville bare snakke om jobben, men jobben er bare en del av livet.
– Ja ja ...
– Man må se hele mennesket ...
– ... sier nissen.

takknemlig	grateful
psykologisk	psychological
kompetanse, en	competence

– Absolutt. Når det gjelder sjelen, så fungerer nisser, bamser og til og med mennesker på nøyaktig samme måte. Det er bare kroppene våre som er ulike.

– Ja ja ...

– Det er jo egentlig du som vet best om menneskenes problemer. Det var du som forsto Erna, ikke jeg ...

– Men menneskene liker ikke når du snakker for direkte om problemene deres.

– Det er du som sier det, men Torunn tenker helt annerledes.

– Uansett, jeg er jo enig med deg og med henne i at «Fortell det til bamsen din» kan bli stort. Faktisk burde vi begynne å arbeide. Vi har allerede fått det første spørsmålet.

– Er det sant?

– Ja. Jeg fikk e-posten for en halvtime siden. Jostein, 19 år gammel, elev på en videregående skole i Kristiansand, skriver:

Hei bamsen, jeg har et stort problem. Faktisk synes jeg at det er litt flaut å dele dette med deg. Jeg har nølt lenge før jeg skrev denne e-posten.

Faktisk vet jeg ikke helt hvor jeg skal begynne. For ett år siden møtte jeg ei veldig søt jente på fest hos en venn her i

å gjelde, gjalt, har gjelt	to apply / concern
når det gjelder ...	when it comes to ...
sjel, en	soul
kropp, en [å]	body
ulik	different
Jostein	*male first name*
Kristiansand	*city in southern Norway*
fest, en	party
å prate, pratet	to talk

*Kristiansand. Vi begynte å prate litt, og så drakk vi litt vin
senere, og etterpå ga hun meg telefonnummeret sitt. Jeg
ringte dagen etter og ...*

– Å herregud, Emil, hvor lang er denne e-posten?
– Hmmm ... omtrent fire sider.
– Det er for mye! Vi kan jo uansett ikke trykke dette
i avisa. Les bare det som er viktig. Altså det som er
dramatisk, liksom.
– Ja, skjønner ... hmmm ... hun har to små hunder ...
en katt ... brødre ... blablabla ... åh ja, her begynner det
å bli mer interessant igjen.
*Det viste seg at hun vil studere juss i Bergen til høsten. Jeg
var først litt trist, for det er jo ganske langt til Bergen, men
så kom jeg på at jeg faktisk også kan søke studieplass i Ber-
gen. Jeg er usikker på om jeg skal studere statsvitenskap,
elektroteknikk eller sørøstasiatisk kulturhistorie fordi ...*

– Emil, hvis han nå skriver alle studiene man kan ta i
Bergen, så kommer jeg til å sovne.

herregud	oh my god
dramatisk	dramatic
liksom	like / sort of
Bergen	*city in western Norway*
studieplass, en	university place
statsvitenskap, (en)	political science
elektroteknikk, (en)	electrical engineering
sørøstasiatisk	southeast Asian
kulturhistorie, en	cultural history

– Det er sant, det her er jo ikke viktig ... skal vi se ...
reiste til Vietnam som barn ... faren har en modell-
jernbane ... han skriver masse om studievalget, men
det er jo ikke derfor han ber oss om råd. Det har noe
med denne jenta å gjøre ... Ah, her er hun igjen:

*Etter å ha vært sammen med henne i to eller tre måneder,
så tenkte jeg at det var på tide at hun møtte foreldrene
mine. Og det gikk dessverre skikkelig galt. Faren min synes
jo at alt er greit, men mora mi sa at det var helt dumt,
hvordan kunne jeg forelske meg i en jusstudent? Det var
det kjedeligste hun kunne tenke seg. Hun sa at jeg ikke har
smak, at jeg bare faller for jenter med et liv uten overras-
kelser foran seg. Hun ble skikkelig sint, hun sa at jeg burde
lete etter interessante jenter, en kunstner, musiker eller
lastebilsjåfør, for eksempel.*

– Lastebilsjåfør?
– Ja, det er det han skriver.

modelljernbane, en	model railway
masse	a lot
valg, et	choice / election
studievalg, et	study choice
jusstudent, en	law student
smak, en	taste
lastebilsjåfør, en	truck driver
Øystein	*male first name*
å holde [hålle] kjeft, holder, holdt, har holdt	to shut up
jada	yes yes
forhold, et [fårhåll]	relationship
avhengig [-i]	dependent
revisor, en	auditor
kom igjen	come on

– Hvorfor?

– Hmm ... jeg vet ikke ... la meg lese ... ja, her: Mora synes at lastebilsjåfører har et spennende yrke, de ser mange ulike land og møter nye folk hele tida ...

– Jaså. Altså, det er det som er problemet?

– Vent litt, la meg lese resten av e-posten ... ja, det ser ut til at det er det som er i veien.

– Aha. Hvor gammel er denne ... hva heter han igjen? Øystein?

– Jostein.

– Denne Jostein, hvor gammel er han igjen?

– 19.

– Ja, flott, men da må jo mora bare holde kjeft. Han kan være sammen med hvem som helst.

– Jada, men han vil nok ha et godt forhold til mora si også. Det kan man jo forstå. Han er veldig ung, han er nettopp blitt ferdig med videregående, han er nok finansielt avhengig av foreldrene ...

– Det stemmer. Men likevel, hva kan mora gjøre? Ingenting!

– Nei, det er ikke det, men som jeg sa, han vil ha et bra forhold til foreldrene, det skjønner jeg godt.

– Hva gjør mora, forresten? Jeg mener, hva jobber hun med?

– Hmm, vent litt ... han skrev det jo et eller annet sted ... åh ja, her: Hun er revisor.

– Revisor? Det er jo enda verre enn jurist.

– Kom igjen, hva mener du med «enda verre»? Revisor er en helt vanlig jobb.

– *For* vanlig, Emil, *for* vanlig! Hun syter og maser over at jurister er kjedelige, men selv er hun revisor? Tuller hun?

– Ja, det er vel sant, faktisk ... Men vet du, det finnes jo sånne foreldre som vil at barna skal ha et helt annerledes liv enn det de selv har.

– Ja, men det er opp til barna å ta sine egne valg!

– Det har du rett i.

– Hun burde bare holde kjeft med den fine revisorjobben sin og la sønnen gjøre hva han vil – og være sammen med hvem han vil. Alt annet er jo bare tull.

– Ja, jeg er enig med deg. Men hvordan skal vi skrive det til Jostein?

– Slik jeg sa det.

– Nei, Nils, vi må jo skrive det på en litt finere måte, kanskje. Svaret skal jo også stå i avisa ...

– Torunn likte det godt at jeg var så direkte. Det gjør nok Jostein også.

– Ikke for direkte, Nils.

– Jeg kjenner deg ikke igjen, Emil. Når vi møttes, var det du som var direkte, og som ikke engang sa «hei». Og nå ...

– Jeg er blitt eldre, Nils. Og jeg har fast jobb nå. Jeg må liksom være litt profesjonell. Hva med dette:

Kjære Jostein, tusen takk for den hyggelige e-posten din.

å syte, sytet/sytte	to complain
å mase, maste/ maset	to nag
opp til	up to
profesjonell	professional
hva med ...	what about ...
kjære ...	dear ...
å droppe [å], droppet	to drop
sånn	*here*: like this

– Hyggelige og lange e-posten.
– Nei, det dropper vi bare.

*Vi forstår at du sliter litt når det gjelder forholdet til din
mor. Men når vi blir eldre, er det også viktig at vi lever
vårt eget liv. Faktisk er det jo ikke så viktig hva din mor
synes om kjæresten din.*

– Det går ikke. Det er jo viktig for ham.
– Aha, nå er det du som synes at jeg er for direkte?
– Nei, men du kan ikke skrive at det ikke er viktig når
han synes det er viktig.
– Greit, la meg prøve igjen.

*Faktisk er det jo viktig hva din mor synes om kjæresten
din, men enda viktigere er hva* du *synes om kjæresten din.*

– Det er bedre.
– Flott. Nå må vi bare forklare ham at han bør ignore-
re mora si.
– Skriv det, da.
– Ja, men hvordan?
– Slik du sa det.
– Hmmm ... kanskje sånn:

*Kanskje er det på tide at du ignorerer hva mora di synes om
kjæresten din?*

– Ja, supert.

Det er du *som vil være sammen med henne, ikke mora di.
Det er* du *som kanskje vil ha et liv med henne, ikke mora
di. Du er en voksen mann i et fritt land og kan elske hvem*

*du vil. Og én ting til: Etter hvert er det mulig at din mor
kommer til å like kjæresten din. Revisorer og jurister går
ganske godt sammen. Lykke til!*

– Fantastisk. Slik kan det stå i avisa. Skal jeg sende
det til Torunn?
– Absolutt. Jeg er skikkelig spent på hva denne Øy-
vind kommer til å si om dette ...

å gå godt sammen   to go together well

13

Øyvind er begeistret.

– Torunn, jeg kan ikke tro at det er KI som har skrevet denne artikkelen!

– Det er jo heller ikke … eh … jeg kan nesten ikke tro det selv. Det er fantastisk, ikke sant? Og nesten litt skremmende.

– Skremmende? Hvorfor?

– Det tar jobbene våre! Hvorfor trenger vi redaktører når KI skriver like godt som Rygg, og bedre enn Stenersen?

– Bare tull, Torunn, alle trenger oss.

– Deg, kanskje, for du er økonomidirektør, men meg? Det er ikke så sikkert.

– Du må også se sjansene!

– Hvilken sjanse da?

– For eksempel kunne vi skrive en artikkel om hvordan vi får KI til å skrive artiklene våre.

– Så leserne får vite om hemmeligheten vår?

skremmende [-enne]	frightening
bare tull	nonsense

Torunn er bekymret. Hun vet ikke engang hvordan man bruker KI. Hun har ikke engang abonnert på et KI-system. Hun må gjøre det så snart som mulig. Hvis Øyvind ikke finner en faktura for et KI-system i regnskapet, kommer han til å stille spørsmål.
– Det er jo sant. Men kanskje burde de vite om det? Kanskje er det litt feil hvis de tror det er et menneske som skriver artiklene, og så stemmer det ikke.
– Det stemmer jo nesten. Hva er forskjellen mellom et menneske og en ba ... eh, en datamaskin?
– Tja, jeg vet ikke ... I hvert fall er det et interessant tema.
– Ja, kanskje ... Uansett, kan du se om «Fortell det til bamsen din» har gjort noe med salget?
– Det er for tidlig å si det. Vi må fortsette med dette i et par uker for å se om det har noen effekt.
– Greit. Men da fortsetter vi bare?
– Ja, absolutt!

faktura, en	invoice
regnskap, et [ræjn-]	accounting
forskjell, en	difference
effekt, en	effect

14

– Så hva er det neste problemet vi har, Emil?
– Vi har ikke problemer, vi løser problemer!
– Altså det neste problemet vi løser ...
– Hmm ... litt vanskelig å si om vi kan løse det ...
– Fortell.
– Greit, jeg begynner å lese.

Hei bamsen, jeg bor i Tromsø, er 62 år gammel og jobber
som regnskapsfører.

– Regnskapsfører? Hva er det med revisorer, jurister
og regnskapsførere?
– Jeg vet ikke.
– Og 62 år? «Fortell det til bamsen din» er egentlig for
unge folk.
– Ja, men vi stopper nok ikke eldre fra å skrive til oss.
La meg fortsette å lese.

Problemet mitt er at folk ikke liker meg.

– Tja, hvorfor det?
– La meg lese, da, Nils. Du må være litt mer tålmodig.
– Jaa ... jeg er bare redd for at det er fire sider igjen,
som sist gang.
– Det er ganske kort.
– Greit, bare fortsett å lese, du.

Jeg skal gi deg et eksempel: Jeg fører blant annet regnska-
pet for en stor bedrift i Tromsø, og for et par dager siden
hørte jeg folk snakke om meg etter et møte. De sa jeg var
en «gammel drage» og ei «gammel kjerring». Og jeg føler
nesten at det stemmer. Jeg oppfører meg som en mattelærer
når jeg snakker med kundene mine. Jeg synes jo det er litt
trist. Hva kan jeg gjøre for at folk skal like meg bedre?

– Jeg synes jo også det er litt trist, Emil.
– Det er det. Hmmm ...
– Hun burde jo slutte å snakke som en mattelærer.
Det høres skremmende ut.
– Ja, men det er ikke så lett å bare slutte med det. Hun
har kanskje gjort det i mange år.
– Hun må prøve.
– Ja, så klart. Men hvordan får hun det til?
– Hun må øve. Hun kan øve med bamsen sin.
– Med bamsen?
– Ja, hun har kanskje en bamse hjemme. Så kan hun
prøve å si det hun vil si til kundene sine, til bamsen
sin. Mennesker er veldig åpne med bamser og nisser,

la meg lese, da	oh, let me read (expressing annoyance)
tålmodig [-di]	patient
å oppføre seg, oppførte	to behave
det er det	it is; it really is
å øve, øvde/øvet	to practice
gjerne det	sure / sure thing

som du vet. Og etter hvert, når de har snakket med bamsen sin i en stund, så klarer de det også med mennesker.

– Det er en bra idé. Man kan egentlig øve på språk på denne måten også.

– Absolutt.

– Flott, da skriver vi det til henne. Skal jeg begynne?

– Gjerne det.

Ok, here are a few more grammar things Emil wants me to explain. Actually I wonder why he isn't doing it himself if he thinks it's so important? Anyway.

Let me start with pronouns: **sin/sitt/si/sine** vs. **hans/hennes/deres**. **Sin** always refers to the subject of the sentence, but it can never be part of the subject. So look at these sentences:

Ulf måtte tilbake til skipet sitt. (p. 50)

Ulf = subject, and it's his ship.

Dattera hennes har sovet i tre timer. (p. 63)

Dattera hennes = subject – **hennes** is part of the subject.

... når du snakker om problemene deres. (p. 66)

du = subject, but it's someone else's problems, so we cannot use **sine**.

Etterpå ga hun meg telefonnummeret sitt. (p. 76)

hun = subject, and it's her phone number, so **sitt**.

That's a bit confusing, right? Good news though, sometimes even Norwegians struggle with this. I recently heard an NRK reporter say ~~Hun sa at venninna si fikk vite dette~~. That's wrong, of course. The correct sentence would be: **Hun sa at venninna <u>hennes</u> fikk vite dette**. Another reporter wrote this sentence: ~~Politiet viste kvinnen bilder av sitt barn~~. The sentence means that the police was the mother of the kid, not the woman.

Another thing about this *utbrytning* that I talked about recently. We do it with **som**, but we can leave out **som** when it is not the subject of the subordinate clause that starts with it. We can do this in all sentences with **som**, not just in *utbrytning* sentences. This rule is actually quite logical – every Norwegian sentence needs a subject, so we can never drop it. See a few examples:

Det er også menn (som) jeg sliter med. (p. 58)

The subject in the subordinate clause is **jeg**, so we can drop **som**.

Det er jeg som henter inn informasjonen. (p. 28)
The subject in the subordinate clause is **som**, so we cannot drop it.

You can learn more about dropping **som** in *The Mystery of Nils* chapter 19.

Actually, when I just said we can never drop the subject, I was not 100% honest. Look at the message Emil sent me, where he clearly dropped the **jeg**: **Kan ikke snakke nå** (p. 19). But we can only do that in informal situations, like a text message. We can never print something like this in Nordavinden. Even Stenersen wouldn't have done that.

Speaking about informal Norwegian – in general, there is not such a big difference between spoken and written Norwegian as there is in other languages. But some differences do exist. For example, we use many filler words:

Vet du ... (p. 70)

Jeg må liksom være litt profesjonell. (p. 70)

Sometimes we start sentences with words that have no real meaning in the context, like a random **nei**:

Nei, altså, ... (p. 28)

Nei, jeg skal ... (p. 59)

Or we end them with a word to confirm what we just said:

Fortsett å lese, du. (p. 76)

(Det) stemmer, det. (p. 82)

Vi kan jo møtes neste gang, da. (p. 82)

Oh, that's it for now. Have fun reading!

15

– Er ikke denne utsikten fantastisk?
Torunn ser seg rundt. Egentlig ser man ikke så mye,
for det er tåke, og det regner litt. Man ser et par tak,
sjøen og Fjellheisen på den andre siden av fjorden.
Men egentlig burde man se mye mer: hele byen, fjor-
den og fjellet. Torunn sitter ute på hurtigruteskipet
Polarstjernen sammen med Ulf. De sitter i et boblebad.
Vannet er varmt, så det gjør ikke så mye at det regner,
bare at man ikke ser så mye som vanlig.
– Hvilken utsikt mener du? Utsikten på fjorden, eller
utsikten på den fine mannen som sitter i boblebadet
sammen med meg?

Hurtigruten [hurtiruten]	*shipping company that goes along the Norwegian coast*
Polarstjernen	the Polar Star (*ship name*)
boblebad, et [å]	jacuzzi / hot tub

Torunn er overrasket over seg selv: Hun er egentlig ikke så åpen til å flørte, og det er jo bare andre møtet med Ulf. Det må være vinen hun har drukket. Det har vært Ulfs idé å møtes på skipet hans. Han har bare fire timer før skipet seiler videre mot Kirkenes. Og *Polarstjernen* har dette boblebadet som turistene er veldig glade i, men nå er båten nesten tom: Alle turistene er i Tromsø eller på Fjellheisen for å se på byen. Derfor tenkte Ulf at det måtte være ganske romantisk å møtes her. Han har bestilt et glass vin til Torunn – ikke til seg selv, for han arbeider på båten. Egentlig ville Torunn heller ikke drikke noe, for det er jo bare ettermiddag. Men hun takket ja likevel, og nå merker hun resultatet. Ulf smiler, men han sier ingenting.

– Hva tenker du på?

– At jeg snart må dra fra Tromsø igjen, og da må jeg også dra fra deg igjen ...

– Ja, det er sant. Det er synd at vi bare har noen få timer når du er i Tromsø.

– Ja, slik er livet når man jobber til sjøs.

– Men så har du også fri i tre uker.

– Det stemmer, det.

– Vi kan jo kanskje møtes neste gang, da. Jeg kan ta meg et par dager fri eller jobbe hjemmefra og komme

å flørte, flørtet	to flirt
å seile, seilte	to sail, to go (*ship*)
Kirkenes	*town at the Norwegian-Russian border*
romantisk	romantic
å takke ja / nei	to accept / refuse
Nord-Norge	Northern Norway
Rannveig	*female first name*
kusine, ei	female cousin
idet [ide]	as / when
matros, en	sailor / deckhand
maskinrom, et	engine room
ok	ok

til Kirkenes for å besøke deg.
– Det ... eh, ja, hvorfor ikke?

Kan det være at Ulf ikke vil at Torunn besøker ham i
Kirkenes? Det ser ut som om han nøler litt. Torunn vil
gjerne spørre ham, men da bytter han tema.
– Nå er det litt mindre tåke, Torunn! Nå er utsikten
fin!
– Ja, men nå regner det mer enn før.
– Ja da, vi er jo i Nord-Norge. Slik er det hver gang
jeg sitter i boblebadet her.
– Hver gang? Er du her ofte?
– Ikke ofte, men av og til. Sist gang jeg var i Kirkenes,
var jeg her med Rannveig ...
– Rannveig?
– Ja, Rannveig ... hun er ... kusinen min.

Kan det være sant? Torunn er usikker. Er denne
Rannveig virkelig kusinen hans? Eller hvorfor vil han
ikke at hun besøker ham i Kirkenes? Hun vil egentlig
spørre ham, men idet hun åpner munnen, ser hun en
matros som kommer til boblebadet, legger hånden på
Ulfs arm og sier:
– Beklager, men du må nesten komme ned til maskin-
rommet. De trenger din hjelp der.
Han smiler unnskyldende til Torunn.
– Åh ja, jeg skjønner. Jeg kommer. Beklager, Torunn,
da må jeg nok nesten gå. Du kan gjerne bli her en
stund til, båten går jo ikke før om en time. Jeg ringer
deg, ok?

Og før Torunn rekker å si mer enn «ha det, vi snakkes», er han ute av boblebadet, tar et håndkle og forsvinner sammen med matrosen inn i skipet.
Torunn ser på det nesten tomme vinglasset sitt. Det er ingen vits å bli her lenger, synes hun. Skal hun ta bussen hjem? Nei, det tar så lang tid. Hun bestemmer seg for å ringe etter en drosje.
Hun reiser seg fra boblebadet.

håndkle, et, håndklær	towel
vinglass, et	wine glass
det er ingen vits	there is no point

16

Torunn er glad for å sitte i taxien og ikke i bussen.
Hun kjenner vinen i kroppen. Det er godt å vite
at hun kommer til å være hjemme om få minutter.
Bussen tar mye lengre tid, og hun må gå nesten 10
minutter fra holdeplassen til huset sitt. Når sjåføren
stopper foran huset hennes, gir hun ham bare kreditt-
kortet sitt. Så åpner hun bildøren og går mot huset.
Hvor er nøkkelen hennes? Hun åpner håndvesken og
begynner å lete. Brillene, kredittkortet, nøkkelen til
redaksjonen, en hårbørste, mobiltelef ... her.

Hun tar ut nøkkelen ... og så dropper hun den, direk-
te inn i et kumlokk! Åh nei, tenker hun. Kanskje hun
har en nøkkel til? Hun begynner å lete i håndveska
igjen. Men nei, det er bare den ene nøkkelen der. Dat-
tera hennes er hos faren sin. Så hun kan ikke hjelpe
heller. Så dumt! tenker hun. Senest i går hadde hun
tenkt å gi en nøkkel til ei venninne. Hun har allerede
lagt nøkkelen på bordet i stua – men der ligger den
nå og er til ingen hjelp. Eller ... hvis det er et åpent

taxi, en [tæksi]	taxi
kredittkort, et [å]	credit card
brille (*used in plural*)	glasses
hårbørste, en	hairbrush
kumlokk, et [kom-låkk]	manhole cover
senest i går	as recently as yesterday

vindu, kanskje? Hun går rundt huset. Men det er bare vinduet på badet som er åpent, og det er for lite.

Hun er skuffet. Hun må nok ringe etter noen som kan åpne husdøra. Det kommer til å bli veldig dyrt. Eller kanskje ...? Hun ser på det lille vinduet på badet igjen. Vinduet er for lite for henne, men sikkert ikke for Nils. Kanskje han kan komme hit og hjelpe henne? Hun nøler litt. Det ble jo en liten katastrofe da hun ba Nils om å dra til Fjellheisen for noen uker siden. Hva skjer hvis Nils får nye problemer på veien hit? Hvis noen ser ham? Men det er ikke så langt fra Nils' hus til hennes hus, kanskje bare 15 minutter å gå, og veien går ikke gjennom sentrum. Det er få mennesker på gata. Likevel, kanskje vil ikke Nils hjelpe henne? Han har vært hjemme lenge, og det er stort sett fordi hun har sagt at han burde bli hjemme. Det er litt stygt av henne å be ham komme nå, bare fordi hun trenger hjelp.
Men Nils tenker nok ikke slik. Hvis han ikke vil eller kan komme, sier han det.
Hun bestemmer seg for å ringe ham.

17

Hun hadde rett. Nils var ikke sint i det hele tatt. Han spurte bare etter adressen og sa at han ville komme med én gang. Hun ventet på fortauet, og etter 20 minutter så hun Nils komme mot huset. Hun så at Nils var forsiktig, han sjekket om noen kunne se ham. Men det var ingen på gata, så Nils gikk rett bort til henne.

– Hei, Torunn! Her er jeg. Alt i orden? Hvordan kan jeg komme meg inn i huset ditt?

– Hei, Nils. Takk for sist. Og takk for at du vil hjelpe meg. Det setter jeg stor pris på. Du kan nok komme deg inn gjennom vinduet på badet. Eller er det for lite for deg?

Hun peker på vinduet.

– Det går sikkert helt fint. Du må bare løfte meg opp til vinduet. Men så klarer jeg det. Og hvor ligger nøkkelen?

– På bordet i stua.

– Flott.

Torunn går bort til badevinduet sammen med Nils. Hun løfter ham opp, og så klatrer han inn. Da går Torunn til husdøra og venter. Det begynner å regne litt igjen. Heldigvis har Nils kommet med én gang.

– Hei, Torunn! Går det bra?

Torunn blir redd. Det er bare naboen hennes, Karina,

å løfte, løftet	to lift / to raise
Karina	*female first name*

men hun har ikke sett henne komme.
– Åh, eh, hei, Karina! Ja ja, alt bra her, takk. Enn med deg?
– Ja, det går supert. Takk skal du ha. Står du ute i regnet i hagen?
– Jaha, det er ... jaja, det er litt dumt, ja.
– Har du mistet nøkkelen din, Torunn?

Pokker, tenker Torunn. Hvorfor er Karina så flink til å skjønne ting så fort? Kanskje fordi hun arbeider som psykolog? Hun må i hvert fall ikke se Nils. Torunn ser på døra, men den beveger seg ikke. Forhåpentligvis skjønner Nils at han må vente med å åpne døra til Karina har gått.
– Ja, du har helt rett, Karina. Men jeg har allerede ringt etter låseservice, alt i orden! Du trenger ikke å bekymre deg ... Hvor skal du, egentlig?
– Nei, jeg skal bare bære ut søpla, vet du.
Så klart, tenker Torunn. Karina har jo posene med søpla i hånden. Godt at det er Karina som arbeider som psykolog, og ikke Torunn ...
– Ja, flott, da må du ha en fin kveld! Vi snakkes.

enn med deg	and what about you
jaha	aha / I see
pokker [å]	damn
låseservice, en [-sørvis]	locksmith service
å låse, låste	to lock
søppel, ei/et	trash
prat, en	chat / talk
å avbestille, avbestilte	to cancel
eplekake, ei	apple cake
javel	alright / okay
hils mannen din	say hi to your husband
å smake på	to taste (a piece)

Karina forsvinner inn i huset igjen. Torunn puster ut. Da åpner Nils døra, langsomt og forsiktig. Torunn går inn med én gang og lukker døra bak seg.
– Hihi, godt at jeg hørte henne ...
– Ja, tusen takk, Nils. Så godt at du var forsiktig. Jeg er så glad for å være inne i huset igjen. Heldigvis hadde ikke Karina lyst på en lengre prat. Hun kan snakke ganske mye, vet du.
– Ja, heldigvis. Kanskje fordi det har begynt å regne.

Da ringer det på døra. Nils forsvinner fort i stua. Torunn åpner – og ser Karina!
– Ja, det var du igjen, Karina ...
– Ja, jeg var så overrasket over at du ikke var foran huset lenger, Torunn! Jeg kan nesten ikke tro at folk fra låseservice kom så fort?
– Låse ... eh ... nei, altså jeg fant en ni ... en annen nøkkel, vet du. Ja! Jeg hadde en nøkkel til, vet du? Haha!
– Så bra! Men da må du ringe til låseservice og avbestille oppdraget.
– Avbestille hva? ... Åh ja, ja, så klart! Godt at du sier det. Jeg skal ringe dem med én gang. Men hva var det egentlig du kom for?
– Jeg ville bare gi deg et lite stykke eplekake. Jeg har nettopp bakt den.
– Javel, det ser jo fantastisk ut! Tusen takk, Karina! Men nå må jeg nesten ringe låseservice ... ha det bra, Karina! Og hils mannen din!

Torunn lukker døra. Hun puster ut igjen.
– Vil du smake på eplekake, Nils?

Nils kommer ut fra stua. Han smiler.
– Jeg er en nisse, Torunn. Vi spiser ikke, og vi drikker ikke. Men du burde spise eplekaka! Du burde slappe av, synes jeg.

18

Torunn legger gaffelen på asjetten.
– Nå føler jeg meg bedre. Eplekaka var fantastisk.
Karina kan gå en på nervene, men bake kan hun, det
må jeg si.
– Så hvordan var møtet med Ulf?
– Tjaaa, jeg vet ikke, Nils.
– Hvorfor ikke?
– Vi satt i boblebadet ute på hurtigruteskipet ...
– Det høres romantisk ut.
– Ja, selv om det var tåke.
– Ja, men det sier jo ingenting om Ulf.
– Det er sant, men likevel ...
– Likevel hva?
– Jeg vet ikke ... han virket snill og interessert, men
jeg føler at han ikke var så glad da jeg snakket om et
møte i Kirkenes.
– Kirkenes? Hvorfor Kirkenes?
– Han bor der.
– Å ja, sånn.
– Og så snakket han om ei Rannveig, som også satt
i boblebadet med ham. Han sa at hun var kusinen
hans, men jeg vet ikke om jeg kan tro ham ...
– Hvorfor tror du ikke at det er kusinen hans?
– Hm, han sa det på en rar måte.
– Hmmm.

nerve, en	nerve
å gå en på nervene	to annoy someone
tjaaa	well ...

– Hva synes du, Nils?

– Nei, jeg vet ikke, men du burde kanskje stole på magefølelsen din.

– Hmmm.

– Det betyr jo ikke at du bør slutte å møte ham.

– Men hvorfor bør jeg møte ham hvis han ikke er interessert i noe seriøst? Jeg vet ikke, det er så komplisert med menn ...

– Kanskje problemet er at du tar det hele for seriøst. Og da blir det fort komplisert.

– Hva mener du?

– Du burde kanskje ta det hele mer som en lek. Når du møter noen for første, andre eller tredje gang, er det kanskje ikke en bra idé å spørre seg om han vil gifte seg med deg. Da stresser du deg for mye opp. Bare nyt tida med ham, og ikke tenk så mye.

– Tja, kanskje har du rett, Nils.

– Og du kan jo møte andre menn mens du venter på hva som skjer med Ulf.

– Ja ...

– Uansett, jeg tror nesten jeg må stikke. Det begynner å bli mørkt, og da blir det vanskeligere for meg å komme meg inn i huset. Jeg har tatt med meg en nøkkel, og familien min kommer sikkert til å lete etter den før eller senere.

– Jeg skjønner, Nils. Tusen takk igjen for hjelpen din, det setter jeg stor pris på. Send meg en melding når du er hjemme.

– Bare hyggelig. Det skal jeg gjøre.

magefølelse, en	gut feeling
lek, en	play
å stikke, stakk, har stukket	to stab; *here*: to leave (*informal*)
jeg må stikke	I have to go (*informal*)
nettleser, en	web browser

De reiser seg og går til døren. Når Nils har gått, setter Torunn seg ned foran datamaskinen. Hun åpner nettleseren og skriver: www.finnder.no.

19

Det er to stopp til. Torunn begynner å bli litt nervøs. Hun har aldri vært i denne delen av byen. Det er også første gang hun skal på en date som ikke er på en bar, en kafé eller en restaurant. Pål har bedt henne komme til havna. Hun syntes først det var en spennende idé, men nå begynner hun å bli litt usikker: Området bussen kjører gjennom nå, ser ganske ensomt ut. Bussen kommer frem til målet hennes. Hun er den eneste som går av. Hun ser til venstre og til høyre, men hun kan ikke se noen. Pål har sagt at hun skal gå ned den lille stien mellom holdeplassen og kiosken. Kiosken er stengt. Hun går ned stien til hun er foran en lav, grå bygning. Hun ser seg rundt. Hun er helt alene. Var det kanskje en vits? Hun har jo aldri snakket med Pål, bare hatt kontakt på Finnder. Kanskje han sitter hjemme nå og ler mens han tenker på hvor dum hun er.

Men Pål virket interessant. Han er litt yngre enn Ulf. På Finnder-profilen har han et flott bilde der han står foran et fjell, med en skinnjakke, med et stort smil ... Torunn tar ut telefonen sin fra håndveska. Kanskje Pål har sendt en melding? Nei.

Hun legger telefonen tilbake i håndveska. Da hører hun plutselig noen komme raskt mot henne. Hun

Pål	*male first name*
sti, en	path
skinnjakke, ei	leather jacket

prøver å snu seg, men da føler hun allerede to sterke
armer legge seg rundt brystet og halsen. Hun prøver
å rope, men da føler hun en hånd på munnen. Perso-
nen som holder henne, snur henne. Hun ser ansiktet
hans: Det er Pål. Torunn blir livredd. Men da slipper
Pål henne og begynner å le. Torunn er helt forvirret.
Skal hun prøve å løpe tilbake til veien? Men Pål er
sikkert raskere enn henne. Da puster Pål dypt inn.
Han sier:
– Hyggelig å bli kjent med deg, Torunn. Har jeg
skremt deg?
Og så begynner han å le igjen. Bare langsomt skjøn-
ner Torunn at Pål ikke vil skade henne. Det tar litt tid
før hun begynner å slappe av.
– Hei ... hei, Pål. Hyggelig.
– Haha, du burde se ansiktet ditt!
– Ja ... hva tenker du? Selvfølgelig er jeg skremt.
– Da er det på tide å slappe av. Jeg er ikke farlig,
haha. Sett deg!
Han peker på en liten benk som står foran den grå
bygningen. Hun setter seg på den, og Pål setter seg
ved siden av henne. Han sier ingenting. Han smiler.
Torunn ser på ham. Hun er fortsatt litt redd, men hun
må ærlig si: Han ser kjekk ut. Særlig dette smilet. Han
har på seg en brun skinnjakke, den samme som på
Finnder-profilen. En liten tatovering på halsen. En
ring i venstre øret. Dongeribukser. Hvite joggesko.

livredd	terrified
tatovering, ei	tattoo
ring, en	ring
dongeribukse [å-o], ei	jeans
joggesko, en (*mostly plural*: joggesko) [jå]	sneakers
sigarett, en	cigarette
jakkelomme, ei	jacket pocket
å røyke, røykte	to smoke

Han tar en sigarett fra jakkelommen.

– Røyker du?

– Nei, takk.

Han tenner sigaretten og røyker den selv. Torunn er usikker. Hva skal hun si? Hun ser på Pål. Han smiler igjen.

– Føler du deg bedre?

– Ja ... jada. Men måten du hilste på meg, var litt frekk, det må jeg si.

– Stemmer, det. Men morsomt var det!

Og han ler igjen. Så fortsetter han å røyke.

– Jeg synes det er kjedelig å møtes på en kafé eller på en bar. Det er mye finere ute.

– Jaaa ... det er ... interessant. Det er jo ikke så mye natur her.

Torunn peker på den grå bygningen bak dem.

– Jo da. Det er en fin sti langs havet bak denne bygningen. Har du lyst å gå en liten tur?

– Absolutt.

Torunn tror det blir bra å gå litt. Hun reiser seg, og Pål reiser seg også.

Stien er virkelig fin. Den grå bygningen var den siste før en stor eng, og stien fører dem direkte til havet. Det er helt stille. De går langsomt langs havet. Plutselig stopper Pål. Han snur seg til Torunn og peker mot havet.

– Ei gravand. Det er sjelden man ser dem så langt nord, hvisker han.

morsom [-åm]	funny
langs	along
hav, et	sea
eng, ei	meadow
and [ann], ei, ender	duck
gravand, ei, gravender	shelduck

– Jaha. Har du peiling på fugler og sånt?
– Ja.
Pål ser på anda. Etter en stund sier han:
– Helt siden jeg var liten, har jeg vært ute i naturen.
Først med faren min, og etter at han døde, med onke-
len min. Onkel visste alt om dyr. Virkelig alt. Jeg har
lært så mye av ham.
– Ja, så du er veldig glad i naturen? Går du ofte på
tur?
– Ja.
Uten å si mer fortsetter Pål å gå. Torunn følger ham.
Stien fører nå bort fra havet, opp en liten ås. Til høyre
er det noen små trær, men til venstre er det bare en
eng. Etter noen minutter har man en fantastisk utsikt
over havet, byen og fjellene. Pål stopper. Han venter
på Torunn. Hun går ikke så ofte på tur, så hun blir
fort sliten. Pål peker på havet igjen.
– Hurtigruten kommer.

Torunn prøver å se hva han viser henne. En svart-
hvit, ganske stor båt nærmer seg, men den er så langt
borte at hun ikke kan se hva slags båt det er.
– Den er litt forsinket.
– Jaså?

peiling, ei	bearing
å ha peiling på	to know a lot about
fugl, en [ful]	bird
sånt	such things
onkel, en	uncle
å følge, fulgte, har fulgt	to follow
ås, en	hill
å nærme seg, nær-met	to approach
humor, en	humor

Torunn ser på klokka. Hun vet tre ting om Pål: Han
vet mye om båter. Han vet mye om fugler. Og han
har en rar humor, som kan virke litt skremmende.
Han begynner å smile mens Torunn ser på ham.
– Jeg er ganske rar, ikke sant?
Torunn vet ikke hva hun skal si. Pål begynner å le.
– Haha, du burde se ansiktet ditt.

Torunn begynner å le også.
– Det har du sagt før ...
– Ja, du ser søt ut når du ikke vet hva du skal si.
– Det ... ja, det er nok sant.
– La oss gå tilbake.

Før hun kan si noe mer, snur Pål seg og begynner å
gå tilbake. Han sier ikke et eneste ord før de er ved
den grå bygningen igjen. Torunn tar ut telefonen sin.
Hun sjekker når neste buss går. Heldigvis kommer
den om bare femten minutter.
– Tar du bussen tilbake til byen, Pål?

Mens hun stiller spørsmålet, skjønner hun at Pål ikke
kan ha kommet med bussen. Hun var helt alene da
hun gikk av.
– Nei.

Pål peker igjen på noe.
– Har du sett noen ender igjen?
– Nei. Jeg mener motorsykkelen min.

Torunn ser at det står en svart motorsykkel lenger
oppe ved siden av veien. Så rart at hun ikke hørte
den.
– Jeg kom hit før bussen din var her, så jeg tenkte det
var gøy å skjule meg og «overraske» deg.
– Ja, sånn.
– Skal du bli med?
– Hva mener du?

– På motorsykkelen min? Det er mye raskere enn med
bussen.
– Ja ... altså ... bussen kommer om femten minutter.

Pål har ikke ventet på svaret. Han går opp mot
motorsykkelen sin. Torunn følger ham langsomt. De
har ikke snakket om hvor han egentlig skal kjøre.
Pål setter seg på motorsykkelen. Han ser spørrende
på henne. Hun nøler litt.
Så setter hun seg på motorsykkelen bak ham.

20

– Og så følger vi pusten igjen ...

Åh ja, tenker Nils. Dette er skikkelig vanskelig. Han
prøver å konsentrere seg.
– Det er helt normalt at vi tenker på andre ting. Når
dere legger merke til det, kommer dere bare tilbake
til pusten.
Nils åpner ett øye for å se på klokka. Sju minutter
igjen. Sju lange minutter. Grunnen til at Nils har
begynt å meditere, har med Torunns nøkkel å gjøre.
Da han kom hjem etter å ha hjulpet henne, skjønte
han med én gang at noe var galt. Før han kunne snike
seg inn i leiligheten, hørte han mora til Kristian si til
faren:
– Vi må absolutt finne denne nissen igjen. Hvordan
skal jeg forklare til Kristian, Hanne eller Martha at vi
har mistet ham?

å konsentrere seg, konsentrerte	to concentrate
normal	normal
grunn, en	reason / cause
å meditere, medi- terte	to meditate
Hanne	*female first name*
Martha	*female first name*

Nils ble redd. Han måtte være forsiktigere! Han kunne ikke tro at noen savnet ham. Etter å ha bodd her ganske lenge var han ikke så viktig for barna lenger. De likte ham fortsatt, men de har jo nesten blitt voksne. Så han trodde at ingen husket hvor han satt. Men det var altså feil.
– Hodet vårt liker å tenke. Det er helt normalt. Men vi prøver å komme tilbake til pusten.
Åh ja. Nils prøver å føle pusten. Luften kommer inn gjennom nesen. Han følger bevegelsen i brystet når den går inn i lungene. Så slapper han av, og luften kommer ut igjen.
Det med meditasjon var Emils idé. Og at han burde skjule seg under sofaen.
Heldigvis la familien seg tidlig denne kvelden. Da kunne Nils snike seg inn – han hadde selvfølgelig en nøkkel med seg: Kristians nøkkel. Kristian mister ofte nøklene sine, så det er ikke så farlig å ta dem. Men da han var inne i leiligheten, ble han livredd. Hvor skulle de «finne» ham? Han skjulte seg i klesskapet, ventet til Kristian og foreldrene la seg også, og så ringte han Emil. Emil fikk ham til å slappe av. Han sa:
– Det er ikke så farlig, Nils. De husker jo ikke hvor du var. Du kan bare skjule deg under sofaen. Men ikke skjul deg for godt – det må være slik at man kan se en fot eller en arm. Da finner de deg i morgen. Og du

hode, et	head
meditasjon, (en)	meditation
stresset	stressed
å laste ned, lastet	to download
meditasjonsundervisning, ei	meditation teaching
erfaring, ei	experience
hjemmekontor, et	home office

kan sove godt under sofaen i natt. Slapp av!

– Jeg klarer ikke å slappe av, Emil. Det er så stressende! Jeg har vært ganske stresset de siste ukene, med jobb og alt, men dette med at familien leter etter meg, det er bare for mye.

– Hmmm ... ja, du burde gjøre noe med det ...

Og da anbefalte Emil meditasjon. Nils lastet ned en app der han kan følge meditasjonsundervisning med en lærer som har mye erfaring.

– En gang til prøver vi å konsentrere oss om pusten, uansett hva som skjer rundt oss.

Nils prøver å konsentrere seg igjen. Det er ikke lett.

– Hvis dere har meditert med øynene lukket, må dere gjerne åpne dem nå.

Nils åpner øynene. Han ser at meditasjonstimen er over om 30 sekunder.

– Da sier jeg takk for nå. Ha en fin dag videre, og jeg håper å se dere snart igjen.

Meditasjonslæreren legger hendene sammen og smiler. Så er kamerabildet hans borte.

Nils puster ut. Meditasjon er veldig vanskelig, og han kan egentlig ikke si at det hjelper ham. Men Emil har sagt at man må være tålmodig med meditasjon, så han bare fortsetter uten å tenke så mye på resultatene. Egentlig ønsker Nils seg å være ute av huset oftere. Han synes det er morsomt å skrive for «Fortell det til bamsen din», men det er litt kjedelig med hjemmekontor. Han har lyst til å spørre Torunn om andre ting han kan gjøre, men samtidig er han redd for hva som kan skje når han går ut.

Uansett, det er på tide å jobbe litt. Nils må se gjennom
e-postene som har kommet til «Fortell det til bamsen
din». I morgen skal han diskutere det neste svaret
med Emil, og han må finne noe som er interessant. De
fleste spørsmålene er ganske kjedelige. En kokk vil
tjene mer penger og vil vite hvordan han bør forklare
det til sjefen sin. En elev på videregående skole vil
tjene penger ved å hjelpe andre elever med matte,
men vet ikke hvordan hun kan finne kunder. Men
her, dette høres interessant ut: «Jeg elsker mannen
min, men ...»

matte, (en)   math

21

Møtet med Pål har vært det rareste Torunn har
opplevd på ganske lang tid. Da hun satt på motorsyk-
kelen hans, hadde hun en romantisk idé om at han
skulle ta henne til et spesielt sted, kanskje en restau-
rant eller en bar. Men han spurte bare etter adressen
hennes. Så kjørte han henne direkte hjem. Han smilte,
ga henne en klem og ventet til hun var inne i huset.
Så kjørte han. Bare ti minutter senere fikk hun en mel-
ding: «Du er søt. Jeg vil se deg igjen.»
Ts! Vil *hun* se ham igjen? Han var så stille. Men samti-
dig var han ... interessant ... morsom ... full av hem-
meligheter ... kjekk ... Ja, hun vil se ham igjen. Men
hun tenker også på det Nils har anbefalt: å møte flere
menn og leve livet.
Hun åpner Finnder og ser gjennom meldingene hun
har fått. De fleste er utrolig kjedelige. Noen er frekke.
Men her: voksenmann47 – han høres litt mer inter-
essant ut. Da hun fikk den første meldingen av ham

å oppleve, opplevde   to live, to experience

for tre dager siden, var hun litt usikker: Var han 47 år
gammel, eller var han født i 1947? Men nå har vok-
senmann47 sendt et bilde, og hun ser at han er 47 år
gammel. Han ser flott ut. Det er ikke mye informasjon
om ham på profilen. Kanskje han er litt blyg.
Han er online. Torunn bestemmer seg for å skrive til
ham. Bare 20 minutter senere er hun på vei til en bar
i byen.

blyg	shy
online	online

22

– Greit, Nils, så hva skriver denne dama som «elsker mannen sin, men ...»?

– Ja, det er litt mer interessant enn det vi vanligvis får inn.

– Les det, slik at jeg vet hva det handler om.

– Ja. Her er teksten:

Hei bamsen, jeg elsker mannen min. Han er snill og trofast, sterk og ...

– ... nei, jeg leser ikke alt, det blir for mye. Bare det som er viktig, som vanlig. La meg se ... her:

Han har aldri sett på andre damer enn meg, og vi har vært gift i mer enn 15 år. Men nå ...

– Han har aldri sett på andre damer, eller er det bare det hun tror?

– Nei, altså, Emil, det vet jeg jo selvfølgelig ikke. Jeg

trofast   loyal

leser bare det som står her.
– Greit, ja. Bare fortsett, du.
– Hvor var vi? Ja, her:

... gift i mer enn 15 år. Men nå har det skjedd noe rart. Jeg har arbeidet sammen med en eldre dame i mange år, og vi liker hverandre godt. For fire uker siden satt vi bare litt lenger på kontoret, og hun sa at vi skulle gå på kafé etterpå. Og der hadde vi en lang samtale, også om mange personlige ting, som aldri før. Etter en stund la jeg plutselig hånda mi på hennes ... det bare skjedde. Og siden da ... ja, jeg vet ikke hvordan jeg skal skrive det, bamsen – men jeg tror jeg er litt småforelsket. Jeg vet at det høres rart ut, men sånn er det bare. Vi møtes ofte på denne kaféen nå. Det har ikke skjedd mer enn det, men jeg er helt forvirret. Hva synes du? Hva skal jeg gjøre?

– Hmmm, det er jo litt av en vanskelig historie.
– Absolutt.
– Ikke så vanskelig, kanskje. Hun kan jo bare slutte å møte denne dama.
– Ja, men det har hun nok tenkt på selv. Åpenbart er det ikke så lett for henne.
– Det er sant. Hva skrev hun om mannen sin igjen? Du leste jo ikke alt, men kanskje er det viktig likevel.
– Ja, la meg sjekke ... her:

hverandre	each other
småforelsket	a bit in love
politisk	political
aktiv	active
kampanje, en	campaign
tilbakeskrittspartiet	Regress Party (*satirical*)
politikk, en	politics
nja	meh / not really
barnslig	childish

*... snill og trofast, sterk og en fantastisk far til mine to
sønner. Han tar jobben sin på alvor, og han er også politisk
aktiv. I fritiden jobber han for kampanjen «Familien først»,
han er medlem av Tilbakeskrittspartiet. Han sier alltid «når
man vil frem, må man ofte tilbake».*

– Ja, det var alt hun skriver om ham.
– Tja. Det er jo litt mer komplisert enn jeg trodde.
– Hva mener du?
– Jeg er litt usikker på om forholdet til mannen
hennes egentlig er så bra. Hun skriver at han er snill,
men ellers høres det ikke ut for meg som om det er
den store kjærligheten. Hun skriver mye mer om hva
mannen synes om politikk.
– Hun vil nok ikke gå fra mannen og barna for ei
dame hun plutselig har følelser for. I tillegg er hun
nok overrasket over seg selv, over å ha følelser for ei
dame. Det har hun nok ikke hatt før.
– Eller hun bare kjeder seg hjemme og opplever det
som spennende å ha noen som hun kan prate med?
– Nja, men hun er ikke 14 år gammel ...
– Kanskje trenger hun profesjonell hjelp.
– Profesjonell hjelp?
– En psykolog.
– Du mener vi burde svare: «Du er gal, gå til psyko-
log.»
– Nils, ikke vær så barnslig. Man trenger ikke å være
gal for å gå til psykolog. Men det er ikke jobben vår å
svare på såpass vanskelige spørsmål.
– Ja ja, jeg skjønner. Men vi kan jo ikke bare skrive
«Det er for vanskelig for oss, gå til psykolog».

– Nei, vi kan jo skrive hva vi synes, men så skriver vi
at hun likevel kanskje bør gå til psykolog.
– Det høres bra ut!

23

To dates på en dag! Møtet med Gunnar (voksen-
mann47) var helt annerledes enn med Pål. Da hun
kom til baren, satt han allerede ved et bord ved
vinduet. Han smilte og vinket til henne. Han hadde
pene klær på seg, en blå-hvit skjorte, grå bukser, og
han drakk et glass øl. Han virker kjedelig, tenkte
Torunn. Men han begynte å snakke med én gang. Og
etter en stund skjønte Torunn at hun kjente ham: Han
har en høy stilling i politiet, og hun har møtt ham på
pressekonferanser før. Så det var kanskje derfor han
ikke hadde profilbilde på Finnder: Han var for kjent i
byen.
Han stilte henne mange spørsmål om livet hennes,
men snakket ikke så veldig mye om seg selv: Også

Gunnar	*male first name*
å vinke, vinket	to wave
pressekonferanse, en	press conference
profilbilde, et	profile picture

dette kunne ha noe å gjøre med yrket hans, tenkte
Torunn. Han snakket om sine barn (han sa ingenting
om mora til barna og hva som har blitt av henne, og
Torunn turte ikke spørre). Han sa at de trengte klare
grenser. (Ja, han jobber jo for politiet, tenkte Torunn.)
Han sa også at han går i kirken nesten hver søndag,
og at han jobber for en eller annen politisk kampanje
på fritiden. Torunn har glemt navnet, men det hørtes
litt ut som om den kom fra Tilbakeskrittspartiet.
Men så skjedde det noe overraskende; da de gikk
hjem, ville han følge Torunn tilbake til holdeplassen.

De måtte gjennom ei mørk gate. Plutselig stoppet
han, så seg rundt – det var ingen andre mennesker
der – smilte mot Torunn og begynte å kysse henne.
Det skjedde helt automatisk, og Torunn likte det. Han
begynte å ta henne på armen ... så på brystet ... Tor-
unn så seg rundt, men de var helt alene. Det hele tok
kanskje fem minutter, og Torunn må ærlig si: Det var
fantastisk.
Men rett etterpå, mens hun sitter på bussen, kommer
det en annen følelse. Den kommer først langsomt,
som tåke på en fin sommerdag.

å bli av	to happen to, to become of
hva er blitt av hen-ne?	what has become of her?
grense, ei	border
automatisk	automatic
å ta på	to touch
heller	rather
ytterdør, ei	front door
å haste, hastet	to rush / hurry; to be urgent
det haster	it's urgent
hjerte, et [jærte]	heart

Det begynner med noen tanker: Kan det bli noe seri-
øst med denne Gunnar? Men det er jo for tidlig å si.
Virkelig? Det var jo gøy med ham, men han er også
litt rar. Disse politiske ideene ... Og hva med kona
hans, er de egentlig skilt? Eller kanskje han møter an-
dre kvinner uten å si det til henne. Nei, kanskje burde
hun ikke møte Gunnar igjen. Kanskje heller Ulf. Men
Ulf, er han egentlig interessert? Han har ikke skrevet
en eneste melding på mange dager nå. Ja, han jobber
mye, men likevel. Og hva med Pål? Han er rar, men
han er også interessant. Han er kanskje den mest
interessante av dem alle.
Torunn blir mer og mer forvirret, men også litt trist.
Kan hun noensinne finne en mann? På hennes alder?
Det er ikke lett når man er skilt og har barn. Hun har
ikke snakket så mye om Sølvi med Gunnar, Ulf eller
Pål, og hun er ikke sikker på om en av dem vil leve
med en dame som har barn.
Hun går av bussen. Den gode følelsen etter møtet
med Gunnar er borte.
Hun låser opp ytterdøra og går inn i det tomme hu-
set. Når hun tar av jakka, hører hun at hun har fått en
melding på mobiltelefonen.
Den er fra Øyvind: «Vi må snakke med regnskaps-
føreren i morgen. Hun sier at det haster.» Torunn
puster dypt. Hun kjenner hjertet banke fortere. Mye
fortere.
Hun setter seg ned i sofaen i stua. Hun ser vinduet
bevege seg. Hvorfor beveger det seg? Vinduet er jo
lukket. Det kan ikke bevege seg, men det beveger seg
likevel. Da forsvinner vinduet plutselig. Alt er svart.

24

– Og da ble du altså helt borte?
– Ja, Nils. Jeg må ha vært bevisstløs i minst 10 minutter. Jeg ser at meldingen fra Øyvind kom for nesten 25 minutter siden.
– Og hvordan føler du deg nå?
– Bedre. Heldigvis. Men jeg føler meg veldig, veldig sliten, Nils.
– Hmmmm.
– Og jeg klarer ikke å tenke på å snakke med regnskapsføreren i morgen. Eller med Øyvind. Eller med noen som helst.
– Hmmmmmmm.
– Egentlig har jeg bare lyst til å ligge i senga og sove.
– Tja, Torunn, jeg tror nesten du har fått deg en liten depresjon.

bevisstløs	unconscious
depresjon, en	depression

– Depresjon?

– Ja. Det høres slik ut for meg. Og det kan man jo forstå, liksom: skilsmissen, ensomheten, dattera di er hos faren sin – og så kommer det enda en melding fra Øyvind: Dere mennesker stresser jo så mye om jobb og sånt, så det kan jo skje.

– Er du sikker på at det er en depresjon?

– Med all den psykologiske erfaringen jeg har fått gjennom «Fortell det til bamsen din» – ja, jeg er ganske sikker.

– Men da har du nok gode råd til meg?

– Det har jeg. Du må gå til psykolog.

– Psykolog?

– Ja, jeg vet, mange mennesker vil ikke gå til psykolog, de vil heller snakke med bamsen sin. Eller med nissen sin. Men i noen situasjoner trenger man profesjonell hjelp. Jeg mener: *enda* mer profesjonell hjelp. En depresjon må man ta på alvor.

– Hmmmm.

– Du er faktisk den andre personen jeg anbefaler å gå til psykolog i dag. Jeg vet hvor mine grenser er. Det er viktig for jobben min.

– Jeg skjønner, Nils ... tja ... hvis du synes at jeg burde gjøre det ...

– Gå og legg deg nå, og så kan du finne deg en flink psykolog i morgen. Jeg kan hjelpe deg hvis du trenger det. Føler du deg bra nok til at du kan legge deg

skilsmisse, en	divorce
ensomhet, en	loneliness
lys, et	light

nå?

– Jeg ligger allerede i senga, Nils. Takk skal du ha. Jeg skal prøve å sove nå.

– Det er flott. God natt, da! Og jeg kan skrive en e-post til Øyvind om at du er syk.

– Hva? Nei, den må jeg selvfølgelig skrive selv.

– Du må *sende* den selv, men jeg kan skrive den. Slapp av, Torunn. God natt.

Torunn legger telefonen ved siden av seg. Hun sovner før hun rekker å slå av lyset.

Some more grammar issues.
In Norwegian, we usually have to say an article with every noun (either **et hus** or **huset**, but not just **hus**). However there are a few exceptions.

One of them can be tricky: we drop the article when we talk about something that usually exists only once. I know, I know, that sounds very abstract, but look:

> Alle har den samme historien på første side .

(There is only ever one first page – by definition.)

> Jeg har fast jobb.

(Most people have only one permanent job at a time, even me.)

> Hun sjekker når neste buss går.

(There is only one next bus – again by definition.)

Now for sentence structure. In some sentences the word order seems to be wrong. You can see that the adverbial (**ikke**) comes before the subject here, which is usually strictly forbidden in Norwegian:

> Det må ikke Øyvind vite. (p. 36)

The rule here has something to do with what they call "heavy" vs. "light" objects and subjects. "Light" ones are pronouns or have no stress, and they follow the "normal" sentence rules. But "heavy" subjects/objects come after the adverbial:

> Det må ikke Øyvind vite. (p. 36)

(**Øvyind** is stressed.)

> Er ikke denne utsikten fantastisk? (p. 81)

(**Denne utsikten** is both long and stressed.)

> Heldigvis hadde ikke Karina lyst på en prat. (p. 89)

(**Karina** is stressed.)

Sentences with **kanskje** can sometimes also seem wrong to you. That's because we have two ways of how we can interpret **kanskje**: as a "normal" adverbial (then it comes at the adverbial place) or in its original meaning **(det) kan skje (at)** – then after **kanskje** we start a subordinate clause. Both options are correct. Look:

      Kanskje har du rett. (p. 92)

(**kanskje** as an advervial)

      (Det) kan skje (at) hun har en nøkkel til. (p. 85)

(**kanskje** starting a subordinate clause)

One of my favorite words is **bare**. Look in how many different ways we can use it:

      Det er bare den ene nøkkelen der. (p. 85)

(That's the original meaning, **only**.)

      Det går bare ikke. (p. 37)

(Here it means more **just**, like **this is just impossible**.)

But you can even say it to describe a verb, and then use it in front of the verb, breaking all grammar rules in the world:

      Jeg bare sa det. (p. 37)

      Det bare skjedde. (p. 108)

Ok, that's it. Now Emil should be happy. Hope this wasn't too difficult for you! Have fun with the rest of the story.

25

Når hun våkner, skinner sola. Hun ser på telefonen:
Hun har sovet i nesten ti timer. Lyset på rommet er
fortsatt på. Hun er for sliten til å stå opp og slå det av.
Så tenker hun på samtalen med Nils i går. Han har jo
rett, hun føler seg forferdelig. Hun kan ikke engang
tenke på å komme seg ut av senga. Hun må finne en
god psykolog.
Kaffe. Kanskje hun klarer å lage kaffe? Tanken gir
henne litt energi. Langsomt kommer hun seg ut av
senga og går inn på kjøkkenet. Hun har aldri vært
så glad for å se kaffemaskinen sin. Det er bare takket
være den at hun kan sitte foran datamaskinen en halv
time senere.

Hun begynner å lete etter psykologer i Tromsø. De
fleste hun kommer på, har fine nettsider, med bilder
av trær, stearinlys og sjøen. Noen skriver ganske
esoteriske tekster, andre er litt klarere. Hun ser også
på Karinas nettside – et bilde av hagen hennes, hun

å skinne, skinte, har skint	to shine
sol, (ei)	sun
lyset er på	the light is on
takket være	thanks to
stearinlys, et	candle

kjenner den igjen – men selvfølgelig tar hun ikke kontakt med henne.

Mange psykologer skriver at de ikke har ledig time. Torunn er skuffet.

Men så finner Torunn nettsiden til en ung psykolog som høres interessant ut. Hun har en veldig god utdanning (mastergrad og doktorgrad i psykologi) og erfaring både fra sykehuset og fra eget kontor. Hun har tatt mange videreutdanninger, og best av alt: Man kan bestille time direkte på nettsiden. «Neste time i dag kl. 16», står det der. Torunn bestiller timen med én gang.

Hun sender en melding til Øyvind om at hun ikke føler seg bra og derfor ikke kommer på kontoret i dag. Etter det begynner hun å vaske gulvet på kjøkkenet for å få tiden til å gå fortere. Kl. 15.30 drar hun til byen. Hun går opp i andre etasje, hvor psykologen har kontoret sitt. Hun gleder seg, åpner døra, sier «hei» til personene som sitter i venteværelset, men så ser hun hvem som er der. Torunn blir vettskremt.

mastergrad, en	master's degree
doktorgrad, en	PhD
videreutdanning, ei	further education
venteværelse, et	waiting room

To be continued

Alphabetic word list

..., tro?	*expression of doubt*	1
adresse	address	7
aftenbrev, et	*"evening letter", here: name of a (nonexisting) newspaper*	6
ah	oh	3
aktiv	active	22
alder, en	age	6
alvor, (et)	seriousness	6
alvor: å ta på alvor	to take seriously	6
alvorlig [alvårli]	serious, concerned	P
amerikansk	American	P
and [ann], ei, ender	duck	19
angst, en	anxiety	11
Anne-Elisabeth	*female first name*	6
annerledes	different	1
annet: et eller annet	something	9
anonym	anonymous	11
ansatt, en	employee	P
app, en [æ]	app	6
artikkel, en, artikler	article	P
Asbjørnsen	*Norwegian author and collector of fairy tales*	6
asjett, en	(small) plate	3
automatisk	automatic	23
avbestille, avbestilte	to cancel	17
avhengig [-i]	dependent	12
bamse, en	teddy bear	P
bare tull	nonsense	13
barnslig	childish	22
bekymre seg, bekymret	to worry	11
Bergen	*city in western Norway*	12
beskrive, beskrev, har beskrevet	to describe	6
betaling, ei	payment	3
bevisstløs	unconscious	24
bildør, ei	car door	4
blant	among	1
bli av	to happen to, to become of	23
bli til, ble, har blitt	to come to life	11
bli: hva er blitt av henne?	what has become of her?	23
blunke, blunket [o]	to blink	2
blyg	shy	21
boblebad, et [å]	jacuzzi / hot tub	15
bred	broad, large	P
brille (used in plural)	glasses	16
bru, ei	bridge	4

date, datet [dejte]	to date	9
date, en [dejt]	date	2
dele, delte	to share	P
demonstrasjon, en	demonstration	4
den der …	that …	9
den der [æ] **…**	that … (there) / that … (over there)	P
depresjon, en	depression	24
det er det	it is; it really is	14
digital	digital	11
dikt, et	poem	8
direktemelding, ei	instant message	10
diskutere, diskuterte	discuss	9
doktorgrad, en	PhD	25
dongeribukse [å-o]**, ei**	jeans	19
drage, en	dragon	P
dramatisk	dramatic	12
drepe, drepte	to kill	7
droppe [å]**, droppet**	to drop	12
effekt, en	effect	13
eh	ehm …	P
eksempel, et	example	4
elektroteknikk, (en)	electrical engineering	12
ene: på det ene, på det andre	on the one … on the other	3
eng, ei	meadow	19
engang: ikke engang	not even	1
enn med deg	and what about you	17
ensomhet, en	loneliness	24
eplekake, ei	apple cake	17
erfaring, ei	experience	20
Erna	*female first name*	7
esoterisk	esoteric	6
et eller annet	something	9
etasje, en	floor, story, level	4
ettermiddag, en	afternoon	2
eventyr, et	fairy tale, *also*: adventure	6
faen	shit, fuck	3
faktura, en	invoice	13
falle, falt, har falt	to fall	11
falle på plass	to fall into place	11
feil, en	mistake	7
fest, en	party	12
filosofisk	philosophical	7
finansiell	financial	P
finansiell	financial	3
Finnder	*name of a (non-existing) dating app*	6
finne ut av, fant, har funnet	to figure out	P
finnes, finnes, fantes, har funnes	to exist	6

finnes: det finnes	there is	1
fiske, fisket	to fish, to get out	1
fjällheisen	*Swedish*: funicular	4
fjellheis, en	cable car	4
fjelltur, en	hiking tour in the mountains	4
flere ganger	several times	P
flink	talented, gifted	P
flørte, flørtet	to flirt	15
foreldre	parents	11
forfatter, en	writer	7
forhold, et [fårhåll]	relationship	12
forklaring, en	explanation	8
forskjell, en	difference	13
forsøk, et	try	6
foss, en [å]	waterfall, *here*: last name	7
frem	forward	4
fri	free	2
friettermiddag, en	free afternoon	2
friluftsliv, et	life/relaxation outdoors	4
fugl, en [ful]	bird	19
fungere, fungerte	to fuction	P
fylle, fylte	to fill	P
Færvik	*last name*	P
følge, fulgte, har fulgt	to follow	19
føre, førte	lead	8

få styr på …	to get … under control	9
få: Fikk du tatt …?	Did you manage to take … ?	5
gammeldags	old-fashioned	10
ganger: flere ganger	several times	P
gidde: ikke gidde, gadd, har giddet	not to be in the mood, not be motivated for	1
gjelde, gjalt, har gjelt	to apply / concern	12
gjelde: når det gjelder …	when it comes to …	12
gjerne det	sure / sure thing	14
gjøre: det gjør ikke så mye	it doesn't matter so much	5
glassdør, ei	glass door	4
gravand, ei, gravender	shelduck	19
grense, ei	border	23
grunn, en	reason / cause	20
grunn: på grunn av	because of	P
Gunnar	*male first name*	23
gå en på nervene	to annoy someone	18
gå godt sammen	to go together well	12
gå: det går (bare) ikke	it (just) doesn't work	6
ha det tungt [o]	to have a difficult time	10
hage, en	garden	8
hallo	hello (*often on the phone*)	1

halvtime, en [hall-]	half an hour	2
Hanne	*female first name*	20
haste, hastet	to rush / hurry; to be urgent	23
haste: det haster	it's urgent	23
hav, et	sea	19
hel: det hele	all that, all of it, everything	P
heller	rather	23
helst: når som helst	any time	1
herregud	oh my god	12
hils mannen din	say hi to your husband	17
hjelp, ei	help	3
hjemmefra	from home	7
hjemmekontor, et	home office	20
hjerte, et [jærte]	heart	23
hode, et	head	20
holde [hålle] kjeft, holder, holdt, har holdt	to shut up	12
humor, en	humor	19
Hurtigruten [hurtiruten]	*shipping company that goes along the Norwegian coast*	15
hurtigruteskip	Hurtigruten ship *(passenger and cargo ship that goes on the Norwegian coast every day)*	8
hva med ...	what about ...	12

hver [æ]: i hvert fall	in any case	8
hverandre	each other	22
hyggelig: bare hyggelig	you're welcome	5
høy	*here*: loud	1
håndkle, et, håndklær	towel	15
hårbørste, en	hairbrush	16
idet [ide]	as / when	15
igjen: kom igjen	come on	12
ignorere, ignorerte	to ignore	10
intelligens, (en)	intelligence	P
interessert	interested	3
intervjue, intervjuet	to interview	4
jada	yes yes	12
jaha	aha / I see	17
jakkelomme, ei	jacket pocket	19
javel	alright / okay	17
Jens	*male first name*	7
jobbintervju, et	job interview	P
joggesko, en (*mostly plural*: joggesko) [jå-]	sneakers	19
Jostein	*male first name*	12
journalist, en [sjor-]	journalist	4
jurist, en	lawyer	9
jusstudent, en	law student	12
Jørgen	*male first name*	8

kampanje, en	campaign	22
Karina	*female first name*	17
katastrofe, en	catastrophe	1
KI, en	kunstig intelligens = artificial intelligence	P
Kirkenes	*town at the Norwegian-Russian border*	15
kjekk	handsome	9
kjempespennende	super exciting	7
kjenne seg, kjente	to feel (*someone's own emotions/body*)	6
kjent	well-known	7
kjerring, ei	(*derogatory*) old, annoying woman	P
kjære ...	dear ...	12
kjærlighetsliv, et	love life	P
klikke, klikket	to click	1
klin kokos	crazy	6
kom igjen	come on	12
komité, en	committee	4
komme [å] opp med, kom, har kommet	to come up with	P
kompetanse, en	competence	12
konferanse, en	conference	P
konferansebord, et	conference table	P
konkurs	bankrupt	P
konsentrere seg, konsentrerte	to concentrate	20
kontakt, en	contact	1
kontrakt, en	contract	3
kostnad, en [å]	cost	P
kreativ	creative	8
kredittkort, et [å]	credit card	16
Kristian	*male first name*	1
Kristiansand	*city in southern Norway*	12
krone, ei	crown (*Norwegian currency*)	P
kropp, en [å]	body	12
kulturdel, en	feuilleton	7
kulturhistorie, en	cultural history	12
kumlokk, et [komlåkk]	manhole cover	16
kunne: han kan ingenting om ...	he has no clue about ... (*concerning a skill*)	P
kunstig	artificial	P
kusine, ei	female cousin	15
kutte, kuttet	to cut	P
Kvaløya	*island near Tromsø*	8
la meg lese, da	oh, let me read (*expressing annoyance*)	14
la, lar, lot, har latt	to have someone do something; to allow	P
la, lar, lot, har latt	let	9

langs	along	19
laste ned, lastet	to download	20
lastebil, en	truck	4
lastebilsjåfør, en	truck driver	12
legge på, la, har lagt	to end a call	1
lek, en	play	18
leketøy, et	toy	1
lekse, ei	homework	P
leser, en, lesere	reader	9
like noe godt	to like something a lot	8
liksom	like / sort of	12
liste, ei	list	3
lite	little, just a bit	1
litt av en …	quite a …	1
livredd	terrified	19
lyd, en	sound	1
lykke til	good luck	2
lykke, (ei)	luck, happiness	2
lys, et	light	24
lyset er på	the light is on	25
løfte, løftet	to lift / to raise	17
løpe, løp, har løpet	to run	1
Lørenskog	*town in the vicinity of Oslo*	6
løse, løste	to solve	11
låse, låste	to lock	17
låseservice, en [-sørvis]	locksmith service	17
magefølelse, en	gut feeling	18
Martha	*female first name*	20

mase, maste/maset	to nag	12
maskinrom, et	engine room	15
masse	a lot	12
mastergrad, en	master's degree	25
matros, en	sailor / deckhand	15
matte, (en)	math	20
mattelærer, en	maths teacher	P
mattetime, en	math lesson	9
meditasjon, (en)	meditation	20
meditasjonsundervisning, ei	meditation teaching	20
meditere, mediterte	to meditate	20
meget	very	9
melding, ei [melling]	message	1
mikrofon, en	microphone	3
mindre: med mindre	unless	1
minutt, et	minute	2
mobil, en	mobile phone	7
modelljernbane, en	model railway	12
Moe	*Norwegian author and collector of fairy tales*	6
morsom [-åm]	funny	19
møterom, et (-rommet)	meeting room	P

møtes, møtes, møttes, har møttes	to meet (each other)	8
måned, en	month	P
måte : på en måte	in a way, somehow	P
måte, en	way, approach	P
nattblad, et	"night paper", *here: name of a (nonexisting) newspaper*	6
navn, et	name	1
nederst	(all the way) down, at the bottom	3
neida	no, oh no, no way	1
neimen	*expression of (positive) surprise*	3
nerve, en	nerve	18
nesten: jeg må nesten ...	I'm afraid I have to ...	8
nettleser, en	web browser	18
nettside, ei	website	5
nja	meh / not really	22
Nord-Norge	Northern Norway	15
Nordavinden	wind from the north, *here: name of a newspaper*	P
nordnorsk [nornårsk]	northern Norwegian	1
normal	normal	20
norsklærer, en	Norwegian teacher	8
notatbok, ei	notebook	8
nummer, et [o]	number	7
ny: på nytt	again, another time	P
nynorsk	*alternative version of the Norwegian written language*	7
nærme seg, nærmet	to approach	19
nøle, nølte	to hesitate	6
når som helst	any time	1
ok	ok	15
onkel, en	uncle	19
online	online	21
opp til	up to	12
oppdrag, et	task	4
oppføre seg, oppførte	to behave	14
oppgave, ei	(small) task, exercise	7
oppleve, opplevde	to live, to experience	21
orden: i orden [å]	in order, ok	3
papirutgave, ei	paper edition	11
peiling, ei	bearing	19
peiling: ha peiling på	to know a lot about	19
personlig [pæsjonli]	personal(ly)	2
plakat, en	poster	4
plass: falle på plass	to fall into place	11
poetisk	poetic	8
pokker [å]	damn	17
polarlys, et	"polar light", *here: name of a (nonexisting) newspaper*	6

Polarstjer-nen	the Polar Star (*ship name*)	15
politikk, en	politics	22
politisk	political	22
politista-sjon, en	police station	7
positiv	positive	9
pragmatisk	pragmatic	11
praktisk	practical	8
prat, en	chat / talk	17
prate, pratet	to talk	12
pressekon-feranse, en	press confe-rence	23
prest, en	priest	7
pris: sette pris på	to appreciate	10
profesjo-nell	professional	12
profil, en	profile	9
profilbilde, et	profile picture	23
protestak-sjon, en	civic action	6
psykisk	mental	11
psykolog, en	psychologist	11
psykologi, en	psychology	11
psykolo-gisk	psychological	12
på grunn av	because of	P
på nytt	again, another time	P
på tide med ...	time for ...	P
på: lyset er på	the light is on	25
Pål	*male first name*	19

Rannveig	*female first name*	15
redaktør, en	editor	P
regn, (et) [ræjn]	(the) rain	4
regne ut, regnet [æj]	to calculate	P
regne, reg-net [ræjne]	to rain	4
regnskap, et [ræjn-]	accounting	13
regnskaps-fører, en	accountant	P
resultat	result	6
revisor, en	auditor	12
ring, en	ring	19
ringetone, en	ringtone	1
ro, (ei)	silence, ease, calm	P
ro: ta det med ro	to take it easy	P
romantisk	romantic	15
Rune	*male first name*	8
Rygg	*here: last name*	P
ryggsekk, en	backpack	P
røyke, røykte	to smoke	19
salg, et	sale	9
samtale, en	conversation	P
seile, seilte	to sail, to go (*ship*)	15
sekstiåre-ne: i seksti-årene	in her sixties	P
sekund [-nn], et	second	1
senest i går	as recently as yesterday	16

sentrum, (et)	city center	4
seriøs	serious	6
sette pris på	to appreciate	6
si opp, sa, har sagt	to fire	P
sier du det?	really?	8
sigarett, en	cigarette	19
sint	angry	7
sist fredag	last Friday	8
situasjon, en	situation	P
sjef, en	boss	3
sjefredaktør, en	editor in chief	P
sjel, en	soul	12
sjø, en	sea	9
sjømann	sailor	8
sjåfør, en	driver	4
skilsmisse, en	divorce	24
skinne, skinte, har skint	to shine	25
skinnjakke, ei	leather jacket	19
skolekamp, en	"school struggle", *here: name of a (nonexisting) newspaper*	6
skoleprosjekt, et	school project	8
skolstrejk	*Swedish*: school strike	4
skremmende [-enne]	frightening	13
skrike, skrek, har skreket	to yell, to scream	1
slite, slet, har slitt	to strive, to have problems with	1
sliten	exhausted, tired	P
slutte, sluttet	to stop	10
smak, en	taste	12
smake på	to taske (a piece)	17
smil, et	a smile	P
smile, smilte	to smile	P
småforelsket	a bit in love	22
småprate, -pratet	to do small talk	P
snekker, en, snekkere	carpenter	8
sol, (ei)	sun	25
sosial	social	6
sosiale medier	social media	6
spør du meg	if you ask me	6
starte, startet	to start	3
statsvitenskap, (en)	political science	12
stearinlys, et	candle	25
Stenersen	last name	P
sti, en	path	19
stikke, stakk, har stukket	to stab; *here*: to leave (*informal*)	18
stikke: jeg må stikke	I have to go (*informal*)	18
stille	quiet	4
stilling, ei	position	P

stress, (en / et)	stress	10
stresset	stressed	20
studie-plass, en	university place	12
studievalg, et	study choice	12
styrmann	ship's officer	8
støvsuger, en	vacuum cleaner	2
sukke, sukket	to sigh	P
super	perfect, great	5
svar, et	answer	6
syte, sytet/ sytte	to complain	12
Sølvi	*female first name*	P
søppel, ei/et	trash	17
søppel-dunk, en [o]	trash can	4
Sørlandet	*southern part of Norway*	6
sørover	southward	P
sørøstasia-tisk	southeast Asian	12
søt	sweet	P
sånn	*here*: like this	12
sånn gene-relt	(just) in general	6
sånn: en sånn ...	such a ...	1
sånt	such things	19
ta det med ro	to take it easy	P
ta på	to touch	23
ta seg av noe	to take care of something	5
tak, et	ceiling, roof	3

takke ja / nei	to accept / refuse	15
takket være	thanks to	25
takknemlig	grateful	12
tannlege, en	dentist	1
tap, et	loss	P
tatovering, ei	tattoo	19
taubane, en	funicular	4
taxi, en [tæksi]	taxi	16
telefon-nummer, et [o]	phone number	8
tema, et	theme, topic	8
tenke seg om	to think about it, to thing carefully	10
Teodor	*male first name*	1
tide: på tide ...	time to ...	2
tide: på tide med ...	time for ...	P
tilbake-skrittspar-tiet	Regress Party (*satirical*)	22
tjaaa	well ...	18
Torill	*female first name*	3
Torunn	*female first name*	P
..., tro?	*expression of doubt*	1
trofast	loyal	22
troll, et [å]	troll	6
trykke, trykket/ trykte	*here*: to print	11

tull: bare tull	nonsense	13
tulle, tullet	to say nonsense	1
tung [o]: ha det tungt	to have a difficult time	10
tørre / tore, tør, torde/ turte, har tort/turt	to dare	11
tålmodig [-di]	patient	14
Ulf	*male first name*	8
ulik	different	12
utdanning, ei	education	11
ute: være ute av seg	to be confused	1
utgave, ei	edition	11
utside, ei	outside	2
utside: fra utsiden	from outside	2
utveks-lingsstu-dent, en	exchange student	P
uvanlig [-li]	unusual	1
valg, et	choice / election	12
vanlig [-li]	common, usual	1
vei: noe er i veien	something is wrong, causing a problem	10
vekt, (ei)	weight	4
ventevæ-relse, et	waiting room	25
verden, (en)	world	1
verdt	worth	6
versjon, en	version	11
vettskremt	in panic	1
videokon-feranse	video conference	10
videreut-danning, ei	further education	25
vinglass, et	wine glass	15
vinke, vinket	to wave	23
vits, en	joke	1
vits: det er ingen vits	there is no point	15
vits: hva er vitsen	what's the point	1
ytterdør, ei	front door	23
ærlig	honest	P
økonomidi-rektør, en	CFO	P
øve, øvde/ øvet	to practice	14
Øystein	*male first name*	12
Øyvind	*male first name*	P
åh	oh	P
åpen	open	8
ås, en	hill	19

Where to go from here

I'd love to help you to dive deeper into the Norwegian language. I know learning a language is hard work – that's why I believe we have to make the process fun!

Therefore I have created *The Mystery of Nils* – a Norwegian course based on a coherent **story** instead of boring dialogues.

The course will teach you everything about the **pronunciation, grammar, and vocabulary** and includes **more than 100 exercises** for listening comprehension, pronunciation and fluency. Check it out here:
https://**courses.skapago.eu/lp/norwegian**

The essentials of the course are also available as a book. You can download a free preview here:
https://**www.skapago.eu/nils/**

Have fun
learning Norwegian!

Would you like to learn more languages?

Skapago can help you even with other languages. What about learning **Chinese** with Jerry the horse, **Swedish** with Alfred the ghost or **German** with Jens and Jakob, the sparrows from Berlin?

More information:
www.skapago.eu